片見里荒川コネクション

小 野 寺 史 宜

幻冬舎文庫

片見里荒川コネクション

目次

一月　中林継男、葬儀に出る

七十五歳になった。先は短い。

参った。おれもいよいよ後期高齢者だ。

前期は六十五歳から七十四歳まで。七十五歳からが後期。勝手にそう分類されてしまう。あとは何歳まで生きようが後期。

人を前期後期に分けるなどけしからん。前期が七十四歳までなら後期は八十四歳までということではないのか？　そこまで生きたらもう死ねということではないのか？

そんなことを言って怒る者もいる。

この歳になると、怒りっぽい者は本当に怒りっぽい。自己制御機能が衰えているのだ。それはおれも感じる。

歳をとると丸くなる。穏やかになる。それもそう。全体としては穏やかになる。気力がなくなるから。ただ、個人個人でちがう怒りのツボを突かれたときの沸点は低くなる。我慢ができなくなる。

できていた我慢ができなくなる。こわいことだ。我慢に限らない。できていたことができなくなるのは本当にこわい。

車道から歩道に上がる段にさえつまずくようになる。転んだときに手をうまくつけなくなる。階段も上れなくなる。歩けなくなる。

人からの呼びかけに気づかなくなったり、言われたことを素早く理解できなくなったりは、もうすでにしている。起きていればすぐに疲れるし、寝ればすぐに目が覚める。結果、いつも疲れている。疲れはたまる一方。抜けなくなる。老いるというのはそういうことだ。

おれの誕生日は一月一日。

今はもうそんなことはできないはずだが、おれが生まれたころはまだ、縁起がいいからと誕生日を一月一日にずらす人もいた。数え年だと、十二月三十一日に生まれたら翌日にはもう二歳になってしまうので、それを避けるためにずらす人もいたらしい。

継男《つぐお》は正真正銘の元日生まれだよ、と母ヨシは言っていた。産んだわたしが言うんだからまちがいないよ。

ただ、あとになって。

夜遅くに生まれたらしいから、もう二日になってたかもな、と父昌男《まさお》は言っていた。母さんだって、時間なんて気にしてなかったろうしな。

　だが父も現場にいたわけではない。そのときは、お産の場どころか、日本にもいなかった。戦争に行っていたのだ。第二次世界大戦。太平洋戦争。

　父はその戦争に行き、生還した。たまたまだ、と言った。それだけ。戦争の話はほとんどしなかった。

　もっと長生きしていれば、おれから訊いていただろう。そのとき、父はどうしていたのか。答えていたのか。いなかったのか。

　父はかつて鉄工所に勤めていた。すぐには徴兵されなかった。おそらくは、武器の部品か何かをつくっていたから。もしくは、つくらされていたから。

　帰還後も、父はやはり鉄工関係の仕事に就いた。勤め先は何度か変わったが、仕事の内容は変わらなかった。技術はあったのだと思う。

　戦争からは生還したのに、父は五十七歳であっさり逝った。おれを東京の大学に出し、それで義務は果たしたとばかりに亡くなってしまった。おれが二十歳のときだ。

　四年後、今度は母までもがあっさり逝った。奇《く》しくも、享年は父と同じ。父に追いついたところで亡くなってしまった。おれが二十四歳のときだ。

　父は肺、母は心臓だった。

　両親があっさり逝ったときの年齢を、おれはあっさり超えてしまった。今はそのときの両親より十八歳も上だ。

母の死を引きずりつつ二十五歳になったとき。もう四半世紀生きてしまった、と思った。四半世紀というその言葉を、自身、新鮮に感じた。

今はこう思う。もう三四半世紀生きてしまった、と。三四半世紀というその言葉も、それはそれで新鮮に感じる。


七十五歳にもなれば、人は死ぬ。死んでも驚かれない。おれの両親のように五十代で亡くなれば早いと言われるが、七十代なら言われない。

今、日本人男性の平均寿命は八十一歳ぐらい。だからおれもあと六年で死ぬ見込み、というわけではない。平均寿命は、〇歳時における平均余命。今〇歳の子が何歳まで生きるかを示したものなのだ。

平均余命から計算すると、おれは八十七歳ぐらいまで生きることになるらしい。ただ、それも単なる平均値。七十代は、広い意味で平均の範囲ととらえていいだろう。

現に、亡くなった同世代の知り合いは何人もいる。五十代から少しずつそんな話を聞くようになった。そのころはまだ、聞けば少し驚いた。六十代では、さほど驚かなくなった。今はもう、まったく驚かない。そうか、と思うだけ。

もちろん、残念だという気持ちも悼む気持ちもある。だからこうして葬儀の場にいる。

おれの誕生日でもある元日から十五日が過ぎて全国的に松の内が明けた。今日は一月十六日、水曜日。聞けば。松の内が明けるのを待って葬儀をしたわけではない。亡くなったのがたまたま十四日の朝だったらしい。十四日、月曜日。成人の日だ。

亡くなったのは、楠原作造《くすはらさくぞう》。おれの小学校中学校時代の同級生。死因は腎不全だという。

葬儀が行われているのは、練馬《ねりま》にあるセレモニーホール。作造はずっと練馬区に住んでいたのだ。駅で言うと、西武池袋線《せいぶいけぶくろ》の富士見台《ふじみだい》。

知ってはいたが、会ってはいなかった。もう二十五年ぐらい、それこそ四半世紀会っていない。そう親しかったわけでもないが、仲が悪かったわけでもない。そんなものなのだ。地元から東京に出てきた者同士。その理由だけで、いい大人二人が頻繁に会ったりはしない。

作造とは高校まで一緒だった。小中ではクラスが同じになったこともある。何人かで遊んだりもした。が、高校ではあまり付き合いがなかった。それぞれに別の友人ができ、校内で会っても二言三言会話を交わす程度になった。

東京に出たのは、ともに大学進学のため。入学してからは、もうほとんど会うこともなかった。

そのままいっていたら、おれがこの葬儀に来ることもなかったかもしれない。だが作造は中学の同級生と、つまり同じ片見里《かたみざと》の出身者と結婚した。野間悦代《のまえつよ》だ。

葬儀のことは、星崎次郎《ほしざきじろう》から聞いた。

悦代からの連絡は、まず次郎に行った。じゃあ、ナッカンを連れてくよ。悦代にそう言ってから、次郎はおれに言った。行くよね？ ナッカン。行くよ、とおれは言った。次郎は七十五歳の今もおれをナッカンと呼ぶ。昔からずっとそう。変えるきっかけがないまま、ここまで来た。

作造があぶないということは前々から聞いていた。いきなりの呼び出しにならないよう、悦代が次郎に伝えていたのだ。

それだけでもわかるように、次郎は片見里の出身者たちとつながりがある。おれはそうでもないが、次郎はそう。

これまでも、誰がどうしたといった片見里関連の情報はすべて次郎から得てきた。こちらから訊かなくても、次郎が教えてくるのだ。誰々が亡くなったらしいとか、誰々が東京から片見里に戻ったらしいとか。

葬儀が終わり、ホールからロビーに出たところで、次郎が言う。

「あぁ。作造も死んじゃったか」

急いで帰ることもないので、ベンチに並んで座る。ホールで僧侶の読経を聞くあいだも座っていたが、また座る。七十五歳にもなれば、遠出の際は休める場で休んでおくことも必要なのだ。電車で座れないこともあるから。

「作造とは、よくケンカをしたよ」

「そうだったか？　仲よかったろ」

「よかったけど、ケンカもしたよ」

「まあ、ケンカ自体をよくしてたからな、次郎は。誰にでもつっかかっていってたし」

「負けてばっかりだったけどね。あと先を考えずにいっちゃうから。おれがケンカをしなかったのはナッカンぐらいだよ」

「おれらは、しなかった？」

「殴り合いはしてないよ。ナッカンに手を出した記憶はない」

「おれもないな」

「ナッカンはケンカなんてしなかったもんな」

「一度したよ」

「誰と？」

「えーと、津野《つの》」

「あぁ。グラか。それは覚えてるよ。うん。グラとやったのは覚えてる」

「グラ。懐かしいな」

こんなふうに言われれば、思いだす。

津野忠臣《ただおみ》。忠臣だから、グラと呼ばれていた。忠臣蔵《ちゅうしんぐら》のグラだ。大石内蔵助《おおいしくらのすけ》タイプではない。浅野内匠頭《あさのたくみのかみ》と吉良上野介《きらこうずけのすけ》を合わせたような男だった。てっとり早く言えば、気性の激しい男だ。

「勝ったんだよね？　ナッカンが」

「いや。負けに近い引き分けかな。最後まで泣きはしなかったけど、戦いとしては劣勢だった」

「強かったもんな、グラは。体もデカかったし」

「デカかった。どう見ても力道山《りきどうざん》だったよ」

「そうそう。本人も意識してて、空手チョップとかよくやってたよ。おれも三回ぐらいケンカしたことあるけど、全部負け。仕掛けるのはいつもこっちで、いつも返り討ち」

「三回もやったのか」

「もっとかも。あいつは、ほら、いけ好かないやつだったから」

それには何も言わない。

次郎も悪口のつもりで言ったのではない。事実を言っただけ。実際、グラはいけ好かないやつだった。

「死んじゃったけどね」

「ああ」

そう。グラも死んでしまった。

六十代や七十代になってからの話ではない。四十代や五十代ですらない。二十代で死んでしまったのだ、車の事故で。

だから四十五年以上前。一年に一万五千人ぐらいは交通事故で亡くなる人がいたころの話だ。

当時はエアバッグなどなかった。オートマチック車も、あるにはあったが、普及してはいなかった。パワーステアリングも同様。

グラの事故は、片見里市の隣の隣、県庁がある市の県道で起きた。単独事故。同乗者はいなかった。グラはかなりスピードを出していたらしい。キツいカーブではなかったが曲がりきれず、塀に激突した。即死だったという。やはり次郎から電話で聞いた。

プロボクサーの大場《おおば》政夫《まさお》が世界フライ級チャンピオンのまま同じく事故死してすぐのことだった。だからセットで覚えている。

確か、おれは二十九歳。すでに東京で仕事をしていたので、片見里には帰らなかった。だから葬儀にも出ていない。後に線香を上げに行ったりもしていない。一度ケンカをしただけ。そこまで親しくもなかったのだ、グラとは。

ジェームズ・ディーンも大場政夫も、若くして車の事故で亡くなった。グラも同じ。本当に人は死ぬんだな。そう実感した。身近にいた人である分、グラのほうが衝撃は強かった。最初に亡くなった同い歳の知人。考えてみれば、それがグラだったかもしれない。

「おれらはいつなんだろうね」と次郎が言い、

「何が？」とおれが言う。

「死ぬの」

「あぁ。いつだろうな」

「死ぬときって、どんなだろう」

「さあな」

「作造もグラも、自分が死ぬことをわかってたのかな。今これから死ぬって」

「作造はわかってたかもな。意識がないまま逝ったのかもしれないけど、意識があった最後のときに死を感じてはいただろ。じき死ぬとは、思ってたんじゃないかな」

「グラは？」

「グラは、どうだろう」

「車で塀に激突する前、わかったかな」

「塀が見えてはいたはずだから、あっ！　とは思ったろうな」

「どっちがいいのかな。自分が死ぬのをわからないまま死ぬのと、わかってて死ぬの。ナッカンはどっちがいい？」

「おれは、知ってて死ぬほうがいいな。これで終わるんだと自分で知っておきたいよ。知らないのは不自然だ」

「そうか。そうだよな。じゃあ、ナッカンは、死ぬのがこわくない？」

「死ぬこと自体はこわくないよ。おれは家族もいないし。事故でも病気でも、痛いのはいやだけど」

「ナッカンは強いな。おれは、知らないですむならそれでいいと思っちゃうよ。そのほうが幸せかなって」

そんなことを話していると。おれらの前に誰かが立つ。誰か。女性だ。

視線を上げて、顔を見る。ん？　と思い、あれっ？　と思う。

小柄。ジャケットにスカート。洋装の喪服姿。手には小さな黒いバッグを提げている。髪は、真っ白ではないが、全体的にうっすらと白い。

「中林《なかばやし》くんと星崎くん、でしょう?」

「あっ」と次郎が言う。「小本《おもと》さん?」

「うれしい。よくわかるわね」

「わかるよ。変わらないね」

「いや、変わったでしょ。どう見てもおばあちゃんじゃない」

「それはお互いさまだよ。ナッカンもおれもじいさんだし。いや、ナッカンはそんなにじいさんでもないけど。髪もまだフサフサだし」

あらためて、目の前に立つ小本磨子《まこ》を見る。確かに、おばあちゃん。だが小本磨子だ。これなら、道で会っても気づける。

「中林くんも来てたのね」と言われ、

「ああ。次郎に聞いたから」と何故か言い訳のような返事をする。

「そう。おれが言ったんだよ、ナッカンも行こうって。小本さんは、誰から聞いたの?」

「悦代から」

「そうか。つながりはあるんだね」

「と言うほどでもない。たまに電話で話すぐらい。会ったりはしてなかった。星崎くんは、楠原くんと会ってたの?」

「いや、おれもそんなには」

「中林くんとは会ってたんだ？」

「うん。今も会ってるよ。いつもおれが付きまとってる」

「付きまとうって」とおれ。「別にそんなんじゃないだろ」

「とナッカンは言ってくれるけどね。いい歳して付きまとってるよ」

「本当に、いい歳になっちゃったものね」

「なっちゃった。なるんだね、こんな歳に。死んじゃうよな、そりゃ」

「こんなとこでそんなこと言うなよ」と次郎をたしなめる。

「そうだ。マズいマズい」

それを聞いて笑い、磨子は言う。

「お坊さんのお経を聞いてたときに思ったの。あの人、背筋がぴんとしてて、何か中林くんみたいだなって」

「ぴんとしてた？」と尋ねる。

「してた。昔もそうだったよ」

「そうだった？」

それには次郎が答える。

「そうだった。ナッカンはいつもビシッとしてたよ。剣道でもやってそうな感じだった」

「やってなかったよ」

「やってなかったけど。やってそうではあった」

「葬儀にはよく来るの？」と磨子。「片見里の人の葬儀には」

「おれは三度めかな」と次郎。

「おれは初めてだよ。作造だけじゃなくて、野間さん、というか奥さんも片見里の人だから、じゃあ、行こうかと」

「わたしも同じ。初めてで、ダンナさんが楠原くんだから行こうと思った。これまでも葬儀があるときは悦代が電話で教えてくれてたんだけど、行ったことはなかったの。今日は来てよかった。中林くんと星崎くんにも会えたから」

「おれもよかったよ」と次郎が言い、

「うん」とおれが言う。

「このあと、火葬場に同行したりはしないわよね？」

「しないよ」と次郎。

おれと次郎を交互に見て、磨子は言う。

「じゃあ、三人でお茶でも飲みましょうよ」

セレモニーホールを出て、歩く。

西武池袋線の高架をくぐって駅の反対側に抜け、カフェに入った。

チェーン店はチェーン店らしいが、おれと次郎の二人では入らない類。磨子がいるから入れる華やかな店だ。

場所は磨子が自分のスマホで調べた。

感心した。おれはそういうことができないのだ。スマホを持ってはいるが、電話をするのにつかうだけ。写真を撮ることもないし、動画を見ることもない。

次郎に至っては、スマホを持ってさえいない。つかっているのは、いわゆるガラケー。こういうの、いずれなくなっちゃうんでしょ？　と少しあせっている。

四人掛けのテーブル席に三人で座った。おれと次郎が並び、次郎の向かいが磨子。自然とそうなった。ように見せて、おれが調整した。磨子と向かい合うのを避けたのだ。

三人とも同じブレンドコーヒーを頼んだ。

「本当に久しぶりね」とあらためて磨子が言う。

「六十年ぶりとかそんなだよね」と次郎。

おれは何も言わない。六十年ぶりとかそんなでは、ないから。

まさかこんな形で磨子と再会するとは思わなかった。

と言いつつ、これは予想できる形でもあった。七十五歳。知人の葬儀で再会。ありそうだ。おれ自身、少しはそれを望んでいたかもしれない。

まずは作造と悦代の話になった。

「子どもがいて。孫もいて。悦代もいて」と磨子が言う。「幸せだったんでしょうね、楠原くん」

「長男夫婦と同居してたんだよね？」と次郎。

「ええ。お孫さん二人と、六人で住んでた」

「じゃあ、野間さん、じゃなくて悦代さんもだいじょうぶだ。このままだ」

「そうね」

そしてコーヒーが運ばれてきた。

ウェイトレスが去るのを待って、次郎が言う。

「さっきから勝手に小本さんて言っちゃってるけど、小本さんは、小本さんでいいの？」

「ええ。一度結婚して変わったけど、戻ったの」

「あぁ、そうなんだ。ごめん」

「いいわよ。昔のことだし。小本に戻って、そろそろ四十年になるかな」

「そんなに？」とつい言ってしまう。

「戻ったのが三十六のときだから、そのぐらいよね」

三十六。だとすれば、結婚生活は十年ちょっとで終わったということだ。

そうなった理由を訊きたいが、さすがに訊けない。

と思っていたら、磨子があっさり言う。

「見限られたの。子どもができなかったから」

小本磨子とは、片見里の小学校で一緒になった。中学も同じで、高校は別。

磨子はきれいだった。何というか、品があった。片見里のような田舎町にはあまりいないタイプだ。

最後に会ったのは五十年前。さっき次郎は六十年ぶりだと言った。おれは五十年ぶりだ。五十年。気が遠くなる。それなのにすんなり思いだせるのが不思議だ。あのころの磨子の顔まで思いだせる。今とはちがうからこそ、はっきり思いだせる。

「星崎くん、奥さんは？」と磨子が尋ねる。

「いないよ。おれも早くに別れた。もう三十年になるかな」

「再婚は？」

「してない」

「お子さんは？」

「娘が一人いるけど。二十年会ってない。向こうが引きとったから名字もちがうし」

「別れた奥さんは再婚したの？」

「いや。死んじゃった。それが十五年前かな」

「じゃあ、そのときも娘さんと会ってないということ？」

「そう。話は聞いたけど、帰らなかった。邪魔になるだろうと思って」

「いることはいるのね。娘さん」

「いるだけ。おれのことは忘れてると思うよ」

「忘れはしないでしょ」

「いや、忘れてるよ。そうであってくれたほうがいい」

「どうして？」

「おれはロクでもないやつだから」

そうは言うものの、次郎は娘の愛乃《あいの》ちゃんのことをいつも気にかけている。次郎にとっては、片見里がそれすなわち愛乃ちゃんだ。

「中林くんは結婚は？」と磨子に訊かれ、

「してないよ」と答える。

「別れたんじゃなく？」

「じゃなく。一度もしてない」

「そうなのね」

「そう」

次郎がいきなり言う。

「おれ、ナッカンと小本さんは将来結婚すると思ってたよ」

「何だ、それ」とおれ。

「だって、結構仲よかったし、お似合いだったし」

東京に出てからのおれと磨子のことを、次郎は知らない。話していないのだ。

「二人は結婚してずっと片見里で暮らすんだろうなって思ってたよ。ナッカンが県庁とか銀行とかに勤めたりしてさ。何か知らないけど、勝手にそう思ってた」

そうなればいいとおれも思っていた。中学生のころは。

「まさかこの歳になって」とおれは言う。「初めて来る練馬の喫茶店でこんなふうに三人で話すとはな」

「うん。ほんと、そうだ。意外だよね。作造が住んでなかったら、練馬なんて来ることもなかったはずだし」

「星崎くんと中林くんは、どこから？」

「どっちも荒川区《あらかわく》。ナッカンが東尾久《ひがしおぐ》ってとこで、おれが西尾久ってとこ」

「そうなの？　じゃあ、近い。わたしは北綾瀬《きたあやせ》。といっても、駅からは二十分ぐらい歩くけど」

「北綾瀬ってことは、足立《あだち》区だ」

「そう。千代田《ちよだ》線の終点。そんなに近いとこにいたのね、わたしたち」

「東京じゃ、近くても気づかないもんな。たぶん、同じ駅だって気づかないし。下手すりゃ同じアパートにいたって気づかない」

「確かにね。わたしも同じアパートの人は知らない。知ってるのはお隣さんぐらいかな」

「おれもそう。ナッカンのとこは特別だよね」

「というのは？」

「大家さんが隣の一戸建てに住んでるんだよ」とおれが説明する。「だから、アパートに住んでる人は知らないけど、大家さんは知ってる。たまに、自分で漬けたたくあんをくれたりもするよ」

「女性なの？」

「うん。おれらより三歳上」

「へぇ。自分がこの歳になると、もう歳上は貴重よね」

そんな話をひととおり終え、三人でコーヒーを飲む。

カップを静かにソーサーに置いて、磨子が言う。

「中林くんは、片見里に帰ってる？」

「いや、帰ってない」

「まったく？」

「まったく。もう誰もいないからね。家も墓もないし」

「墓もないの？」

「うん。かなり前に墓じまいをした」

「そうなのね。星崎くんは？」

「おれも帰ってないよ」

「娘さんがいるのに？」

「いるけど帰ってない。小本さんは？」

「帰ってない。やっぱり誰もいないから。もう帰らないでしょうね。帰る理由がないもの」

七十五歳の小本磨子。歳をとったが品は残している磨子。全体的にうっすらと白い髪をきれいに整えた磨子。

その顔を見て、ふと思いだす。

おれがグラとケンカをしたのは、グラが磨子の悪口を言ったからだったな。

二月　田渕海平、寝すごす

二十二歳になった。先は長い。

参った。今までのこれをあと三セットやってようやく死ぬってことだ。三セット。長すぎでしょ。

今は二セットで充分だと思う。何なら一セットでもいい。いや、さすがに一セットは短いか。あと一セットなら、終えて四十四歳になる形。そのころはまだ子どもの学費もかかるだろう。家のローンも残ってるだろう。って、子どもいんのか、俺。ちゃんと結婚できてんのか、俺。

昨日までは、できてると思えた。そう思うことは可能だった。今日は微妙。というか、無理。たった一日でそうなった。凄まじい変化だ。

俺の誕生日は二月一日。今日。

昨日は一月三十一日。何の日？　卒論の提出期限の日。

本当なら、今ごろは解放感に浸りきってるはずだった。卒業式を待たずに遊ぶぞ～！　入社日前日まで遊びまくんぞ～！　となってるはずだった。

なってない。

卒論は、出しさえすれば不可はない。Cはあってもなはない。せいぜい、指導を受けて再提出。それで、はい、卒業。教授も、就職が決まってる学生を地獄に突き落としたりはしない。そう思ってた。いや、今もそう思ってはいる。

まさか、卒論を出せないとは。

悪夢がよみがえる。まだ一日しか経ってないから、簡単によみがえる。分刻みで思いだせる。行動の一つ一つまで思いだせる。

昨日。今もこうして寝そべってる組立式のシングルベッドで目が覚めた。

スマホのアラームに起こされるのでなく、自然に起きるのは気分がいい。そんなことを考えながら、枕もとに置いたスマホをつかみ、画面を見た。

十二時十五分かぁ、と思った。一つあくびをした。

で。

いやいやいやいや。十二時十五分て。過ぎてんじゃん。十二時を、過ぎちゃってんじゃん。それが夢であることを願った。またこれから覚めんでしょ？　と期待した。スマホの表示を消し、つけてみた。十二時十五分だった。また消し、またつけた。お、変化が。と思ったら、十二時十六分になっただけ。

「マジか」と声が出た。「マジで、マジなのか」

卒論自体はちゃんと仕上げてた。いや。ちゃんとと言うと語弊がある。少なくとも、形は整えてた。長さは規定どおり。それっぽいタイトルもつけてた。提出できる状態にはしてた。

本当にがんばったのだ。まちがいない。俺史上一番のがんばり。とりかかったのは冬休み明けだが、そこからのがんばりはすごかった。

病《やまい》にも負けなかった。二十五日すぎに、仕上げの段階でひどいカゼをひいた。熱が三十九度も出たのだ。インフルエンザならヤバいと思い、這うように内科医院に行った。結果は陰性。でもトータル三日は動けなかった。

そこでの三日は痛かったが、俺は不死鳥だった。どうにか期限日の早朝に原稿のプリントアウトを終えた。途中からプリンターのトナー交換を促すランプが点滅しだしてかなりあせったが、どうにか逃げきった。

ごほうびというか早めの勝利の美酒ということで、缶ビールを一本飲んだ。いつも飲む新ジャンルじゃなく、ちゃんとしたビール。美酒用に買っといたプレミアムものだ。

酔いと安心とで、俺はコロッと寝た。それでも、スマホのアラームをセットするのは忘れなかった。

午前九時に起きて、出かける支度をして、地下鉄に乗って。電車に乗るのは十分弱。十時半には大学に着けるはずだった。

スマホのアラームが鳴らなかった。のではない。鳴ったのだ。それはちゃんと覚えてる。セットミスじゃない。確かに鳴った。

俺はスマホをつかみ、オンをオフにした。逆に、余裕を見すぎたのがいけなかった。セットの時間は午前十時でもよかったのだ。余裕を見て九時にしたから、まだもうちょっと寝れるな、と思ってしまった。実際、寝てしまった。十分くらいで起きるつもりで。

原因は、二度寝。せめて一時間早く目覚めてれば間に合ってた。でも俺が目覚めたのは十二時十五分。門が閉じられたあとだった。

不死鳥らしく、俺は立ち上がった。立て、俺。行け、俺。と声に出し、自分を鼓舞した。電車に乗って大学に行き、窓口に向かった。

ふうっと息を吐き、さあ、勝負だぞ、と覚悟を決めて、窓口の女性に言った。あの、すいません。

話は聞いてもらえた。でもそれだけ。勝負はすぐについた。負けだ。一番早い回でのコールド負け、みたいな感じ。

窓口の女性が言ったのは、徹頭徹尾この一言。受けとれません。

直前にカゼをひいたと言ってもダメ。朝五時には仕上がってたと言ってもダメ。現物がここにあるのに受けとってくれないことに意味がありますか？　と言ってもダメ。僕の今後が変わってしまうことをわかってもらえませんか？　と言ってもダメ。ブレは一ミリもなし。ダメ、ダメ、ダメ。

不測の事態があってもいいように提出期間は長めに設けています。一秒でも遅れたら受けとらない。田渕《たぶち》さんも知っていたはずです。何度も聞いていたはずです。ここで田渕さんの卒論を受けとる。それは、大学がしていいことだと思いますか？

逆にそう訊かれた。

そうは思いませんけどでもちょっとは思うような、みたいな歯ぎれの悪いことを言った。十分は粘ったが、そこまでだった。卒論は提出できず、三月には卒業できないことが決まった。

そうなると、どうなるのか。

半期留年して卒論を提出し、九月に卒業する。それが一般的らしい。安くはなるが、学費はとられる。四月に就職することを優先させ、あえて一年留年する学生もいるという。

そう。就職。

一難去って、また一難。いや。一難去ってないのに、また一難。大学の次は会社だ。俺が内定をもらってた会社。

何も考えるな、まずは報告しろ、と自分に言い聞かせて、俺は電話をかけた。事情を説明し、人事課長に取り次いでもらった。そして再度説明した。

怒鳴られたりはしなかった。一度ご来社ください、とさえ言われなかった。

お話はわかりました。田渕さんの採用は、なしとさせていただきます。

あっさりそう言われた。

えっ？

わたしどもが採用させていただくのは、四年制の大学を今年の三月に卒業する予定のかただけですので。

いや、でも。

ご縁があったと思っていましたが、残念です。すぐに知らせていただいてありがとうございます。そのことには感謝します。田渕さんの今後のご活躍を願っております。では失礼します。

そして電話は切れた。

内定が、取り消された。就職が、なしになった。

わずか一日でそんなことになった。いや、一日も経ってない。午前五時に卒論を仕上げ、午後三時には内定が取り消されてた。

うそみたいだ。丸一日経った今でもまだ、実はうそなんじゃないかと思ってる。♪テッテレ～♪と音楽が鳴り、ドッキリ大成功！の看板を持ったタレントが現れるんじゃないかと思ってる。なかなか現れない。早く現れろよ。

会社は、大手の運送会社。誰もが名前を知ってるとこだ。三流大生の俺がそこに入れるとは思わなかった。

伝えたら、片見里の両親はとても喜んだ。去年の夏、内定をもらった直後に帰ったときは、寿司だの何だののごちそうを用意してくれてた。何と、尾頭付きの鯛まであった。

そう。それで俺は、おかしら付き、が、尾頭付き、であることを知ったのだ。そのときまではずっと、お頭、だと思ってた。盗賊のお頭、のお頭。つまり、頭だけのことだと勘ちがいしてた。尾と頭で、尾頭だったのだ。

親父に教えられ、えっ、そうなの？　と言ってしまった。母ちゃんとばあちゃんは笑った。

お前、大学生がそれでだいじょうぶか？　と親父に言われ、だいじょうぶだから内定をくれたんだよ、と返した。

と、そんなことまで一気に思いだした。苦い。苦すぎる。その両親にだって、内定が取り消されたことを伝えなきゃいけない。ヤバい。ヤバすぎる。

卒論を提出できない、というそれ。決して想定外じゃなかった。想定はしてたのだ。前にそんな小説を読んだことがあった。高三の夏休み。受験勉強をしに行った地元片見里市の図書館で、小説誌に載ってるのを読んだのだ。

集中が切れたときの暇つぶし。ただし、そこは図書館。スマホはつかえないし、漫画は置いてない。だからしかたなく小説を読んだ。

雑誌のコーナーで目に留まったのでそれにした。長いのだと読みきれない。小説誌なら短いのも載ってるだろうと思った。

で、選んだのがそれだった。タイトルは、確か、『君を待つ』。作者名は忘れた。

大学生がいつも乗る電車に乗り遅れ、卒論を提出できなくなる。結果、内定を取り消される。という話。それがメインじゃなく、そのあとに電車の事故が起きたり、就職したり、結婚したりと、いろいろあるのだが、高三の俺の気を引いたのはそこだった。

へぇ。大学の卒論て、出せないと卒業できないんだ。

だから、そういうもんだと知ってたし、そうならないよう警戒もしてた。ほかの学生よりはずっとしてたはずだ。ならもっと早くに卒論を仕上げりゃいいだろ、というのは言いっこなし。それは言っても始まらない。とにかく、俺なりに警戒してはいたのだ。

なのに、こうなった。電車に乗るところまでも行かず、目が覚めた時点でアウト。

昨夜も俺はビールを飲んだ。もう、ガブガブ飲みまくった。勝利の美酒ならぬ、敗北の悪酒。プレミアムものである必要はなかった。いつもの新ジャンル。五百ミリ缶三本をあっという間に飲み、追加の二本をコンビニに買いに行った。

だからちょっと、いや、かなりアルコールが残ってる。気持ち悪い。それでいて、二度寝もできない。ショックが尾を引いてるのだ。

いつまで引くのか。

現時点では、半年と言わず、一年引きそうな気がする。下手すりゃ一生かもしれない。だってもうすでに、俺の人生ははっきりと悪いほうへ変わったんだから。

ウィンウォーン、とインタホンのチャイムが鳴る。

俺はベッドに横たわったまま動かない。

いつもそうなのだ。アパートに誰かが訪ねてきても、出ることはない。受話器での応対もしない。どうせ新聞や宗教の勧誘。でなきゃ何かの販売。一人暮らしの大学生が応じるわけがない。

ただ、今はちょっとヤバい。おかしな宗教にだってすがっちゃうかもしれない。わたしどもの神は内定を取り消されたあなたを安らぎの道へ導くことができます、なんて言われたら、信じます信じます、入ります入ります、と言ってしまうかもしれない。

ドアのカギが外から解かれる。叶穂《かなほ》が合カギをつかったのだ。

さっき目を覚ましてスマホを見ると、ＬＩＮＥのメッセージが来てた。〈起きてる？〉〈起きてないか〉〈午後一時に行く〉と三つ続いた。うれしい、という気持ちと、面倒、という気持ちが同時に来た。

ドアが開き、叶穂が入ってくる。

「やっぱり寝てる」

言いながら、脱いだ靴の向きを直す。カレシの前だからやる、のではない。叶穂は誰の前でもやる。

「来るのはわかってるんだから、インタホンくらい出てよ」

「わかってたから出なかったんだよ」

叶穂がベッドのわきで立ち止まる。寝そべってる俺を見下ろして言う。

「おつかれ」

「疲れてないよ」

「寝てるじゃない」

「卒論を出せなくて内定を取り消されただけ。その意味では疲れてるか。激しく疲れてるな」

岩瀬《いわせ》叶穂。同い歳。同じ大学の、同じ社会学部生。

大学三年の五月から付き合った。同じゼミに入れなかったので、急いで告白した。そのゼミの誰かにとられちゃいけないから。

一年のころから知ってはいた。タイプだった。告白が受け入れられたときは、ムチャクチャうれしかった。

叶穂がベッドの縁に座る。で、顔を俺に近づける。

珍しい。いきなりのキスで慰めてくれんのか。

と思ったら、ちがった。

叶穂はもとの体勢に戻って言う。

「お酒臭い」

「まあ、飲んだから」

「一人で？」

「そう。飲んじゃうよね、さすがに」

「飲んでる場合？」

「飲んでる場合だよ。留年決定。内定取り消し。そりゃ飲むでしょ」

叶穂には昨日、内定を取り消されたあとに連絡した。同じ学部の友だち別府仁太《べっぷじんた》の次にだ。

ＬＩＮＥのメッセージじゃなく、通話。言いにくかったが、すべて言った。取り繕う余裕がなかった。

何でビール飲んじゃうのよ、と言われ、やっと終わったんだから飲んじゃうよ、と言った。窓口に提出して初めて終わりでしょ、とも言われ、何も言えなかった。どうするの？　と訊かれ、答えられなかった。

「卒論、早くとりかかりなよって言ったよね」

「ああ」

「十一月にも十二月にも言ったよね」

「ああ」

「海平《かいへい》、もうやってるって言ったよね」

ああ、とそこでは言えない。やってなかったから。

「うそだったんじゃない。どうせそうだろうとは思ってたけど。昨日、お酒飲んじゃダメだよ、とも言ったよね？」

答えない。

「飲んでるじゃない」

俺は目を閉じる。顔を見られたくないので、壁のほうへ寝返りを打つ。

「ねぇ。何してんの？」

あなたは今何をしているのですか？　という質問ではない。あなたは今愚かなことをしていますよ、という指摘だ。呆れ口調での。

叶穂は人材広告会社への就職が決まってる。やっぱ大手。二十代三十代なら誰でも名前を知ってる会社だ。そこのポータルサイトを利用する大学生は多い。

去年の六月半ばには内定をもらってた。すげえな、と感心した。もう就活を終えられんのか、という意味でうらやましかった。そのあとも叶穂は就活を続けた。さらなる上を目指したのだ。残念ながら上からの内定は得られず、結局はそこに決めたけど。それでもウチの大学では上位。トップクラスと言っていい。

だから俺も、どうにか大手にしたかった。業種は何でもいいからとにかく大手。

八月の上旬にどうにか内定をもらえた。大手運送会社からだ。そうできてうれしかった。

ここなら二十代三十代に限らない、四十代五十代だって知ってるよな、と思った。叶穂と張り合ったつもりはないが、冷静に見れば張り合ってた。内心、勝った気でいた。で、これだ。俺はスタートラインに立ったつもりになれただけ。惨敗。

「ほんとにどうするのよ」と叶穂が言い、

「どうするも何も。どうしようもねえよ」と俺が言う。

「あとは卒論だけなんだから、それを出せばいいんでしょ？　九月には卒業できるんでしょ？　わたしも調べたの。半期留年なら新卒扱いにしてもらえるらしいじゃない。まあ、それだと求人が少ないみたいだけど。だからやっぱり来年春採用を目指すのがいいんじゃない？」

「もう一回就活。しかもゼロからかよ」

「しかたないじゃない。自分が悪いんだから。でも思ったよりマイナスは少ないよ」

「少なくないだろ。留年してんだから。そこを根掘り葉掘り訊かれるに決まってる」

「この経験を次にどう活かすかをアピールしなよ。マイナスをプラスに変えればいいじゃない」

「きれいごとだろ、そんなの」

「社会はきれいごとで動いてる。就活だって、それ自体がきれいごと。やってみてわかったじゃない。いいんだよ、きれいごとで。海平は一度経験してるんだから強い。アドバンテージは利用しなきゃ」

「すげえな、叶穂は。俺はそんなふうに考えらんないわ。少なくとも今は無理」

「じゃあ、どうするの？　何もしないの？　このままベッドに寝そべって、お酒飲んで、グチ言ってんの？」

「今日はいいだろ。昨日の今日だぞ。無理だよ」

「ダラダラしてちゃダメなんだって。ここまで散々ダラダラしてきたからこうなったんじゃない。就活は三月から。もう二月だよ。海平はハンデがあるんだから、ほかの子たちより早く始めなきゃ。ハンデをなくす努力をしなきゃ」

「まだそんな気になれないよ」

「じゃ、いつなるわけ？　いつか、なるわけ？」

「いつかはなるよ」

「いつ？　三月？　四月？　五月？　出遅れちゃうよ。就活終わっちゃうよ」

「ならいいよ、それでも。フリーターにでもなって、バイトしながら考えるよ。とりあえずは食っていけるだろ。今はどこも人手不足なんだから。飲食店なら即採用だよ」

「何であきらめちゃうわけ？　一つ下の子たちと一緒に就活するのがカッコ悪い？　そんな

こと言ってる場合？」

「カッコ悪いなんて言ってないだろ。というか、すでに充分カッコ悪いし」

叶穂が黙る。長く黙る。間、どころではない。沈黙、と言ってもいい。

ふっと息を吐く音が聞こえる。

「もう無理。別れよ」

「え？」さすがに振り向き、上半身を起こす。「いや、何それ」

「わたし、そういうの無理。この先も壁にぶつかったらすぐにあきらめるのかなって思っちゃう」

「別にあきらめたわけじゃないよ」

「あきらめてない人の態度でもないよね」そして叶穂は言う。「去年の秋ぐらいから、ずっと考えてたの」

「何を？」

「海平とのこと。この先も一緒にやっていけるかなってこと。こうはならなかったとしても、就職したら別々の道を進むわけでしょ？　それで別れるカレシカノジョも多いよね。わたしは海平と付き合っていけるかなって、ずっと考えてた。これが結論。付き合ってはいけない。むしろこうなってよかったよ。付き合ってはいけないことがはっきりわかったから」叶穂は立ち上がり、掛布団の上に合カギを置く。「これ、返す」

「いや、ちょっと。マジかよ。急だよ」

「別れはいつも急だよ。自然消滅みたいなの、わたしはいや。だからはっきりさせたい。これでもうおしまい。わたしたち、別れるからね。別れたからね」

「いやいや。なあ、ちょっと。俺の気持ちは」

言ってから恥ずかしくなる。何なんだ、俺の気持ちはって。初めて言ったよ、そんなの。

叶穂が玄関に行く。靴を履きながら言う。

「最後に一つ忠告ね。お父さんとお母さんには早く言ったほうがいいよ。留年だって学費はかかるんだから」

「それは、まあ」

「カノジョに別れを告げられたのに、そうやってベッドに寝そべったまま。俺の気持ちなんて、その程度なんだよ。じゃあ、さよなら。LINEとか送ってこないでね。もう返事はしないから」

そう言い残して、叶穂は出ていく。バタン、とドアが閉まる。静かではないがうるさくもない。激怒、という感じはない。でもそこにこそ本気を感じる。たぶん、叶穂は初めからこうするつもりでいたのだ。

すごい。

俺はわずか一日で、卒論を提出できず、内定を取り消された。そしてわずか二日でカノジョまで失った。

こんなやつ、いる？

叶穂の忠告は正しい。留年しても学費はかかる。授業は受けなくてもかかる。大学生の身分を金で買うようなもんだ。

その金が俺にはない。両親に報告。急がなきゃ。

ということで、正月に帰ったばかりなのに、また片見里に帰った。

事前に電話はした。が、ちょっと用があるからまた帰るわ、と言っただけ。

親父が仕事から帰るころに俺も着《ちゃく》。その日は泊まって、翌朝速攻で出発。一泊二日。そんなプランを立てた。

母ちゃんは、こっちの友だちに用があると思ったらしい。帰ると電話をしたのは昼なのに、晩ご飯には俺が好きなカキ鍋を用意してくれてた。

カキは好きだが、鍋はヤバい。家族とまさに向き合わなきゃいけない。母ちゃんとばあちゃんはまだいいが、親父はマズい。

母ちゃんはビールまで用意してくれてた。ビールはいいよ、と言おうかと思ったが、飲んでしまった。アルコールの力を借りよう、とも思ったのだ。

順を追って説明するほうがツライ。だから、まず言ってしまった。ばあちゃんにも一発でわかるように。

「就職、ダメになった」

「あ？」と親父が反応。「何だ、それ」

一気に説明した。途中で言葉を挟ませないよう、ひたすらしゃべり続けた。

正直、自分に都合よく言った。連日徹夜の勢いでやった、カゼをひいてもがんばった、と説明した。熱は一度上げ、四十度出たことにした。三日休んだのに、一日しか休まなかったことにもした。仕上げたのは提出期限当日の午前五時。そこはそのままだが、ビールを飲んだことは伏せた。大学の窓口にも会社の人事課にも食い下がったがダメだった。無慈悲にもすべての門は閉ざされた。そんなようなことを言って、話を締めくくった。

「無慈悲でも何でもない」と親父は断じた。「それはお前自身のせいだ。お前一人のせいだ」

そう言われることはわかってた。親父は大卒。卒論のことなんかもよくわかってるはずなのだ。だませるわけがない。

「バカか、お前！」

親父は予想を超えてきた。何というか、本気で怒った。母ちゃんがオロオロするくらいの怒声を上げた。

「四年間何をやってきたんだ！　何を学んできたんだ！　勉強なんかどうでもいい。そんなことはお前に期待してない。でも大学に四年いてそれなのか？　一番大事なことを学べてないのか？」

一番大事なことって何？　と思ってたら、親父が言う。

「約束はな、守らなきゃいけないんだよ。それが社会のルールだ。卒論を決められたときまでに出すというのは、海平と大学が交わした約束なんだよ。ものごとは約束があって成り立ってる。これからもずっとそうだぞ。約束を守らないやつのことは誰も信用しない。たとえ自分の子だって信用しないぞ」

「ちょっと。お父さん」とあわてて母ちゃんが割って入る。「何もそこまで言わなくても」

「そこまで言わなくてもわかるやつならこんなこと言ってない。海平。お前、ビール飲んでる場合か？　カキ食ってる場合か？」

「いや、カキはいいでしょ」とこれも母ちゃん。

真顔での的確なツッコミについ笑いそうになるが、どうにかこらえる。ただ。かなりこたえてもいるのだ。自分の子だって信用しない、はキツい。

親父の怒りは収まらない。その後も説教は続いた。

さすがにもうビールは飲まなかった。カキは食え、と親父が言うので、食った。うまかったが、いつもほどじゃなかった。気持ちは味覚に作用するのだ。今は黒毛和牛を食ってもダメだろう。逆に苦手なブロッコリーならいけるのか。

最後に親父は言った。

「大学の学費は出してやる。半年にするか一年にするか、お前自身が考えて決めろ。どっちだとしてもそれは出す。ただし、仕送りは半分に減らす」

十万だったのを五万にする、ということだ。

「また就職活動をしなきゃいけないじゃない」と母ちゃんが言う。「なのにそれは」

「授業に出なくていいんだから、就職活動をしても時間はあるはずだ。アルバイトでも何でもしろ。自分でどうにかしろ」

卒論があるので去年の十二月いっぱいで辞めてしまったが、それまではバイトをしてた。だから多少は余裕があった。飲みにも行けたし、遊ぶこともできた。でも仕送りが五万となると厳しい。バイトで稼いでた分がすべて生活費にまわるのだ。

「なあ、海平」

「ん？」

「せめてこれをいい薬にしろ。お前は人がつまずかないとこでつまずいた。つまずいたままで終わるな」

「うん」

「ビール、せっかくだから飲め」

「いや、いいよ」

「いいから飲め」

「飲みなさい。もったいないから」という母ちゃんの言葉にまた笑いそうになり、またこらえた。

晩ご飯をすませると、ごちそうさまを言って二階に上がり、自分の部屋に入った。

田渕家はごく普通の一戸建てだ。庭は広いが、家そのものはデカくない。４ＬＤＫ。そもそもは五人で住んでたが、じいちゃんは亡くなり俺は東京に行き、で今は親父と母ちゃんとばあちゃんの三人だ。

親父のじいちゃんの代までは農家だったらしい。俺が小学校低学年のころはまだ庭に納屋があった。でも家を建て替えるのを機に取り壊された。もう名残はない。

俺の部屋は洋間。七畳半だから、わりと広い。なかは高三のときのままだ。ゲームもあるし、漫画もある。そのころの服も残ってる。たかだか四年前に着てたもんなのに、今見るとクソダサい。

ベッドにはちゃんと布団が敷かれてる。俺が帰ってくるから、母ちゃんが敷いといてくれたのだ。

この家で一番いい布団に寝てるのは俺。高校生のころ、海平のはもう古くなったからと、新しい布団をつくった。フカフカで立派なやつができてきた。

古くなったのをどうしたかと言うと、今は母ちゃんがつかってる。自分のはもっと古かったので、そっちを捨てたのだ。じゃあ、母ちゃんが新しいのをつかいなよ、とさすがに言った。母ちゃんはこう返した。フカフカなのはあまり好きじゃないのよ。なら初めから硬めなのをつくればよかったたって話。母ちゃんはいつもそんな感じだ。

ベッドに寝そべり、白い天井を見る。

それにしても。親父は怒ってた。まあ、怒るよな。俺が親父なら、さっきの親父以上に怒るだろう。これまでの仕送りを全部返せ、くらい言ってたかも。

トントン、とノックの音がする。この弱々しさは、ばあちゃんだ。

親父か母ちゃんが階段を上ってくればわかるが、ばあちゃんはわからない。手すりをつかんでゆっくり上ってくるから、音がしないのだ。

「海平、入るよ」

「うん」

木のドアが静かに開き、ばあちゃんが入ってくる。ドアを静かに閉めると、しずしずやってきて、ベッドの縁に座る。

「落ちこんじゃダメよ」

「落ちこまないよ」

俺は、たぶん、ばあちゃんが思ってるほどは落ちこんでない。まず、ばあちゃんが思うほど繊細な子じゃないのだ。

「海栄《かいえい》も偉そうに。あんなに怒らなくたっていいのにねぇ」

「しかたないよ。悪いのは俺だし」

「気にすることないよ。海栄だって、今の海平ぐらいの歳のころはグータラしてたんだから」

「してたの？」

「してたしてた。ばあちゃんが何を言っても、あとでやるよ。そればっかり。あとでやったためしがないよ。さっきはあんなこと言ってたけど、約束だってよく破ってたしね」

「マジで？」

「よその人との約束はちゃんと守ってたろうけど。ばあちゃんとの約束はよく破ったよ。庭の草むしりを手伝うとか、ばあちゃんがいないときは洗濯物を取りこむとか、そういうのはね」

洗濯物を取りこむくらいはいいが、草むしりはキツい。俺も破るかもしれない。

「海平、ほんとにだいじょうぶ？　就職がダメになって、この先も東京でやっていけるかい？」

「どうにかなるよ」

「どうにか、なるの？」

「どうにかする。こっちにくらべたら、就職先も百倍はあるし」

「就職先を探しながらアルバイトなんて、できるのかい？」

「できるよ。バイトはこれまでもしてたしね。何てことないよ」

「ならいいけど」

「心配しなくてだいじょうぶ。今回はコケちゃったけど、俺、東京で結構うまくやってるから」

「海平にこづかいをやっちゃダメだからなって、海栄に言われちゃったよ」

「いいよ、こづかいは」と言いはするが。

痛い。正直、期待してたのだ。親父め。そこまで手をまわすとは。

「だからこづかいはあげられない。その代わり、働いてもらうことにするよ」

「え？」

「海平を、ばあちゃんが雇うことにする。それでお金を払う」

「雇うって。俺は何すんの？」

「人捜し」

「人捜し？」

「海平は東京に住んでるでしょ？」

「うん」

「東京は、狭いよね？」

「面積的にはね」

「荒川区っていうところに住んでる人を捜してほしいんだよ。海平が住んでるところと荒川区は、近いかい？」

「近いね。俺は足立区。隣だよ」

「じゃあ、そんなに大変ではないね」

「行くのは大変じゃないけど。捜すのは大変じゃないかな」

「場所はね、わかってるの。だからだいじょうぶ」

「どこ？」

「ヒガシオグっていうところ。そこまでわかってれば、捜しやすいでしょ？」

「わかってないよりはね」

ばあちゃんは俺に手書きのメモを渡す。そこにはこうある。

東京都荒川区東尾久、中林継男。

「この人を、捜すの？」

「そう。ナカバヤシツグオさん」

「誰？」

「昔、片見里に住んでた人」

「昔って？」

「ばあちゃんが子どものころ。高校ぐらいまではこっちにいたのかな。そのあと、東京のいい大学に行ったの」

「同い歳ってこと？」

「そう。小学校と中学校で同じクラスになったことがある」

訊こうか訊くまいか迷い、訊く。

「初恋の人とか？」

「そうね」とばあちゃんはあっさり答える。「そのころはずっと好きだった。ラブレターを出したこともあるわよ」

「ラブレター！」

「学校の下駄箱に入れておいたの」

「それって、ほんとにあるんだ？　ドラマのなかだけかと思った」

スマホがないと、そうなるのか。下駄箱に手紙って、ヤバいでしょ。蓋が付いてないタイプの下駄箱なら、むき出し。当人以外に見られる可能性がある。デリケートな個人情報がダダ洩れになる危険性がある。

「返事はなかったけどね」

「読まれなかったってことは、ない？」

「ないと思うけど。ちゃんと入れたから」

「それ、いつの話？」

「小学校の五、六年生だったかしら」

だとしたら、六十年以上前だ。下駄箱に蓋、なさそうだな。

「その人とは、どうともならなかったの？」

「ならなかったわね。高校はちがったし。中林くんは東京に行っちゃったから」

「こっちに誰か住んでないの？　親戚とか」

「住んでない。中林くんが東京に行ってからお父さんが亡くなって。そのあとお母さんも亡くなって。善徳寺《ぜんとくじ》さんの近くにあった家も取り壊しちゃったの。ウチと同じで門徒さんだったから、そこまでは知ってる」

「東尾久に住んでるっていうのは、何でわかったの？」

「中林くんのお友だちにホシザキくんていう子がいてね。そのホシザキくんが言ってたのを、わたしのお友だちが聞いたの。そのお友だちは東京からこっちに戻ってるんだけど」

「そのホシザキさんには訊けないの？」

「ホシザキくんもこっちには戻ってこないみたいだから。今の住所も電話番号も知らないし」

「中林さんに、何か用があるの？」

「用はないわよ」

「じゃあ、何で今さら捜すわけ？」

「最近ね、昔のことをよく思いだすのよ。何か懐かしくなっちゃって。おじいちゃんは死んじゃったけど、中林くんは、たぶん、生きてる。だったら一度話してみたいなぁ、と思ったの」

「そんなに好きだったってこと？」

「昔はね。今はそういうんじゃないけど」

「そういうんじゃ、ないんだ？」

「ないわよ。ばあちゃんはばあちゃんだし、そういう気持ちは、残念ながらもうない。それとはまたちがう気持ちよ。海平には、まだちょっとわからないかもしれないね。ばあちゃんもうまく説明できないよ。今も一番好きなのはおじいちゃん。でも中林くんが元気にしてるかぐらいは知りたい。どうだろう。やってくれるかい？」

「いいけど。見つからないと思うよ」

「見つかるでしょ。中林くんの名前はわかってて、東尾久っていうところまでわかってるんだから」

「でも探偵じゃないし」と言ってから、こう尋ねる。「その探偵に頼むっていうのは？」

「そこまですることじゃないのよ。それはちょっとちがうの。海平に頼めるから頼みたい」

「じゃあ、捜してはみるよ。期待はしないでね」

「期待はするわよ。ばあちゃんはいつだって、海平には期待してる」

「ダメだよ、就職もできないやつに期待なんかしちゃ」

「海平はね、やる子だよ。ばあちゃんは知ってる。じゃあ、これね」

そう言って、ばあちゃんは白い封筒を差しだす。

俺は上半身を起こしてそれを受けとる。

「ありがと」と言いながら、思う。厚みが、あるな。

ばあちゃんの前だが、封筒のなかを見る。お札を取りだす。一万円札が十枚。

「何これ」

「アルバイト代。人を捜すんだからお金がかかるでしょ。交通費とかいろいろ。それをつかって」

「十万は多いよ」

「すぐには見つからないかもしれないし。見つからないなら見つからないでいいから。見つからなくても、返せなんて言わない」

「だけど」

「海平」

「ん？」

「がんばって」

「まあ、うん」と言ってから、気づく。

人捜しをがんばって、ということじゃなく、就職をふいにした田渕海平個人としてがんばって、ということなのだと。

写真とかそういうのはいらないからとばあちゃんは言い、話をこう締めくくった。

「ばあちゃんは海平の味方だからね。もちろん、海栄だって鈴子《すずこ》さんだって海平の味方だけど。さて。じゃあ、お願いね。探偵さん」

ばあちゃんはベッドから立ち上がる。ゆっくり歩いて部屋から出ていく。ドアが静かに開き、静かに閉まる。階段を下りていく音は、やっぱ聞こえてこない。

東京の大学に行き、荒川区東尾久に住む、中林継男。七十五歳。情報はそれだけ。

ばあちゃん、東京は片見里とはちがうよ。狭いけど、広いよ。

見つかるわけないでしょ。

三月　中林継男、代役を務める

おれは片見里で生まれた。

中学生のころまで、片見里を出ることは考えなかった。そこでずっと暮らしていくものだと思っていた。だが高校に行って、見方が少し変わった。よその町に目が向くようになったのだ。

当時の片見里は田舎も田舎だった。駅前には雅屋《みやびや》という大きめのスーパーが一つぽつんとあるだけ。そのなかの和食屋でかつ丼を食べるのがささやかな贅沢だった。

今は駅前も少し栄えている。コンビニや居酒屋もあるし、雅屋は名前を変えて、エムザというショッピングモールになった。

よその町。街。おれにとって、その代表が東京だった。

片見里から東京は、そんなには遠くない。だが、そんなには、というだけ。電車で三時間半はかかる。新幹線をつかっても二時間。

だから当然、東京には行けないと思っていた。高二のとき、試しに母に話してみた。話は母から父に伝わり、父がおれに言った。継男、東京の大学に行け。金は出す。

驚いた。ウチにそこまでの余裕はないはずなのだ。だが両親が無理をしてくれた。

第一志望に落ちたら片見里に残る。そんな気持ちで受験し、合格した。そして入学した。大学は御茶ノ水《おちゃのみず》にあった。山手線《やまのて》環内。東京の中心だ。一、二年次はちがったが、三年からはそこだった。

そうなってすぐに父が亡くなった。そこまでだった。三年生になったばかり。残りあと二年。母一人に負担をかけるわけにはいかない。迷わず中退した。片見里に戻るという選択肢はなかった。戻ったところで働き口があるわけではないのだ。

そこで、学習教材を販売する会社に就職した。大学の近くにある会社だ。二十一年勤めた。辞めるつもりはなかったが、バブル景気直前にそこが倒産した。それは痛かった。大学中退より痛かったかもしれない。

すでに四十一歳。再就職はキツかった。おれはかなりあせった。仕事を探してまわったが、ことごとく年齢ではじかれた。

急場しのぎにアルバイトをした。喫茶店のウェイターだ。

学生のころもアルバイトはしていたが、それは中華料理屋の皿洗いだった。つまり厨房。ホールに出たことはなかった。

四十一歳にして初めてウェイター。お客さんにコーヒーをこぼすようなことはなかったが、カップを落としてしまうことなら頻繁にあった。釣り銭をまちがえてしまうことも稀にあった。歳下の店長やアルバイトに、しっかりしてよ、と言われた。忙しいときは舌打ちもされた。二十年以上働いてきた自分が喫茶店のウェイターをこなせないことに衝撃を受けた。

その気になれば何でもできる、と人は言う。だが何でもはできない。そう簡単にはいかない。この歳の人にそれをさせるべきではない、という意味も含めたできないも、世の中にはあるのだ。そのことが痛いほどわかった。

そんなウェイター時代のあるとき。おれは酔って階段から落ちた。金もないのに一人でたらふく酒を飲み、一人でアパートに帰る途中、歩道橋の階段で足を踏み外したのだ。

何秒か、あるいは何分か、気を失った。だいじょうぶですか？　と通行人に言われ、目が覚めた。救急車を呼びますか？　とも言われた。打撲の痛みはあったが、骨折はしていないようなので、呼ばなくていいです、と返事をした。倒れる際に顔も打ったらしく、左目がかなり腫れていた。額から少し出血してもいた。

翌日もアルバイトには出たが、その顔で接客するのは勘弁してよ、と店長に言われた。一週間ぐらい休むか、辞めるか。辞めるほうを選んだ。引き止められはしなかった。店長の最後の言葉はこうだ。ウェイターは、もうやらないほうがいいよ。

アルバイトの代表格のようなウェイターの仕事をこなせず、酒量は増え、階段から落ち、実質クビ。

マズいな、と思った。追いこまれた。

が、ケガまでしたことで、どうにか踏みとどまった。

これより下はない、と気持ちを切り替え、おれは背広を着て動きだした。そう。スーツではなく、背広。そのころはまだそう言っていた、少なくとも、おれの世代の者たちは。

着古したその背広を着て、おれは片っ端から会社をまわった。とにかくできそうな仕事。こなせそうな仕事。選ぶ基準はそれだけ。自分の好き嫌いは考えなかった。

二十数社めでどうにか引っかかり、再就職することができた。ポリエチレンやポリプロピレンの袋、ポリ袋をつくる会社だ。

募集要項に書かれていた中途採用の年齢は、三十五歳まで。おれは六歳オーバー。わかっていながら応募した。

何とか面接をしてもらえたので、製造でも営業でも何でもやります、と伝えた。ウェイター経験のことも話した。自分にはできないこともあるとわかりました。だからこそ、できることは全力でやります。そう言った。

その面接をしていたのが、たまたま社長だった。当時の兵藤儀介《ひょうどうぎすけ》社長だ。

まあ、年齢のことはいいでしょう、と社長は言ってくれた。正社員としてウチで働いてもらいます。よろしくお願いしますよ、中林さん。

今も覚えている。本当に恥ずかしいが、そのときおれは泣いた。目から涙が出るのを抑えられなかった。泣いたのは小学校低学年のころ以来。グラとケンカをしたときも泣かなかったのに、そこでは泣いた。

まさか泣かれるとは思わなかったよ、とあとで社長にも言われた。社長は八十代。もう社長ではないが、今も健在だ。社長が亡くなったら、そのときはまた泣くかもしれない。

会社があるのは荒川区。その再就職を機に、おれも荒川区のアパートに移ることにした。それが1DKのアパート風見荘《かざみそう》だ。都電荒川線の東尾久三丁目停留場の近くにある。

名前がいいな、とまず思った。建物に風見鶏が付けられたアパート。そんなものを想像した。が、ちがった。大家が風見さんだったのだ。風見千景《ちかげ》さん。

新築にしては家賃が安かったので、その一階に決めた。それからはもうずっとそこ。三十四年住んでいる。会社を定年退職したあとも出なかった。出る理由がなかったのだ。アパート自体が住みやすいうえに、町も気に入っていたから。

結婚でもしていれば、さすがによそへ移っていただろう。だがしなかったので、そうはならなかった。小本磨子に去られてからは、あまり結婚を考えなくなっていたのだ。

おれが七十五歳だから、三歳上の千景さんは七十八歳。アパートの管理の仕事は息子の夏《なつ》之《ゆき》さんにまかせている。実質的な大家はもう夏之さんだ。

夏之さんは五十一歳。妻と娘と近くのマンションに住み、医療機器をつくる会社に勤めている。部長だという。おれもそこの体温計を持っている。

おれはもうずっとここに住むのだと思う。出ていくとしたら、このアパートが建て替えられるときだ。そうなったらキツい。単身の後期高齢者。入居させてくれるアパートはないかもしれない。

会社を定年退職したあとも、おれは近くのスーパーで働いた。六十歳ぐらいまでと募集のチラシに書かれていたので、ならばだいじょうぶと応募したのだ。

週に五日やれますと言うと、案外簡単に採用してくれた。仕事は品出しや在庫管理。おれにもできた。こなせた。周りのパートさんも気がいい人ばかりだったのでたすかった。週五から週四へ、そして週三へと、少しずつ勤務日数を減らしながら、七十歳まで働いた。一人だから、ある程度余裕を持ってやってこられた。

それからはもう何もしていない。大して金はないが時間はあるので、散歩がてらよく図書館へ行く。尾久図書館と町屋《まちや》図書館。どちらへも歩いて十五分ぐらいで行ける。その日の気分でどちらに行くかを決める。広々とした尾久の原公園が近くにある町屋図書館を選ぶことが多い。

用がなければ行く。用はほぼないので、ほぼ毎日行く。まずはゆっくりと新聞を読み、それからほかの本を読む。それが習慣になったので、新聞をとるのはやめてしまった。本を借りることも少なくなった。今は、読みかけの本やどうしても読みたい本を借りる程度。目が弱ってきたため、新聞も本も前ほどは読めなくなった。

最近町屋図書館で借りたのは、『ライフ』という小説だ。そこに、一生ワンルーム、という言葉が出てきてドキッとした。一生ワンルーム暮らし。そういうこともあるはずだよな、と思った。

おれも次郎もそうだが、一人ならワンルームで充分なのだ。風見荘は、たまたまDKが付いていただけ。家賃がもう五千円高かったらほかのワンルームにしていた。おれも一生ワンルームになっていただろう。

日々の買物は、おぐぎんざ商店街でする。たいていのものはそこでそろう。おれが働いていたスーパーもそこにある。だからなじみもある。

外食はほとんどしないが、たまに焼鳥屋『とりよし』で酒を飲む。月に一度ぐらいだ。おれの唯一の贅沢と言っていい。

もちろん、深酒はしない。階段から落ちるほどは飲まない。もうそんなには飲めない。ビールを二本飲み、焼鳥三本と煮込みでも食べれば満腹だ。それなら二千円もいかない。

『とりよし』は、通うようになって長い。店主の高浦源吉《たかうらげんきち》さんのことも知っている。今、七十二歳。おれより三歳下だが、ずっと歳上だと思っていた。

店名には変遷がある。そもそもは、源吉の吉をとって、『とり吉』。だが、とりよし、と読まれることが多かったため、そちらに変更した。それでも源吉さんを知っている人はやはりとりきちと読むので、ひらがなのとりよしに再変更。

初めの変更は読みを変えるだけだからよかったが、再変更では看板も変えたため、費用もかかった。参ったよ、と源吉さんは笑っていた。焼鳥屋の名前一つにも歴史があるのだ。四十一歳から三十四年。ずっと荒川区で暮らしてきた。片見里にはほとんど帰っていない。

最後に帰ったのは十五年前。六十歳のときだ。定年退職し、時間ができたので、久しぶりに帰った。郷愁に駆られたということではない。もっと事務的な理由。墓じまいをしに行ったのだ。今後墓を見るためだけに帰ったりはできない、というわけで。

中林家は、善徳寺の門徒だった。法要などはいつもそこの住職にしてもらっていた。墓じまいを頑なに拒む僧侶もいるという話はその前から聞いていた。まあ、そうだろう。檀家や門徒が減れば、その分、お布施も減る。寺にとっては死活問題なのだ。

当時の善徳寺の住職徳親《とくしん》さんは、おれが事情を話すとすんなり受け入れてくれた。翻意を促すようなことは何一つ言わなかった。

中林さんがわたしどもの門徒さんでなくなられても、信仰心まではなくされないと思います。それがある限り、ご縁は続きます。門は開かれています。またいつでもお越しください。

と、逆にそんなことさえ言ってくれた。

先代の徳仁《とくじん》さんならそうはいかなかったかもしれない。かなり気難しい人だったようだから。

おれが東京に出たあとに徳仁さんは亡くなり、徳親さんが住職になった。その徳親さんも、今はもういない。おれより十五歳ぐらい下だが、六年ほど前、五十代のうちに心臓発作がもとで亡くなったのだ。雅屋からエムザに変わった駅前のショッピングモールで。エスカレーターから転げ落ちて。

それもあとで次郎から聞いた。

今、善徳寺の住職は、徳親さんの息子徳弥《とくや》くんが務めている。まだ三十二歳とかそのぐらいだ。徳親さんがそんなことになったので、二十代で住職になった。僧侶にしてはかなりくだけた男だと聞いている。やはり次郎から。

墓じまいをしたあと、両親の遺骨は江戸川《えどがわ》区の寺の永代供養墓に入れた。普通の墓にくらべれば値段が安いのでたすかった。この先ずっと管理してくれるのがよかった。宗派を問わないという気安さもよかった。徳親さんには申し訳ないが、おれは信仰心が篤いほうでもないのだ。

それで片見里に帰る理由はなくなってしまった。実際、墓じまいをしてから、おれは一度も片見里に帰っていない。家も墓もないから、もう帰るとさえ言いづらい。

「ナッカン、たすけてくれ」

次郎が電話でそう言った。

もしもしも何もなし。聞こえてきた第一声がそれだった。

「ヤバい。ほんとにヤバい。どうにもなんない。たすけてくれ」

「落ちつけよ。どうした」

「時間がないんだよ。落ちついてられないんだよ」

「だとしても落ちつけ。落ちついて話せよ。そうでなきゃわからない」

「おれ、ぎっくり腰になったんだ。無理な体勢で歯みがきのコップをとろうとしたらズキンときて立ってられなくなった。そのままこしゃがみこんだというか、倒れた」

「だいじょうぶかよ」

「だいじょうぶじゃない。今も立てない。寝そべって電話してるよ。ケータイのとこまでどうにか這い戻って」

「倒れたときに頭を打ったりはしなかったか？」

「壁に後頭部をちょっとぶつけただけ。そっちは何ともない。ただ、腰はヤバい。これまでも何度かやってるけど、こんなに痛いのは初めてだよ」

「救急車を呼んだほうがいいんじゃないか？　ぎっくり腰でも、そこまでなら充分緊急だろ」

「救急車はいいよ。わかってるんだ。病院に行っても、痛み止めと湿布薬を出されて、安静にしてくださいと言われるだけ。まず、病院なんて行ってられない。三時までに行かなきゃいけないとこがあるんだよ」

「どこだよ」

「葛飾《かつしか》区の、ある家。行かなきゃほんとにヤバいんだ。おれ、たぶん、殴られる。ボコボコにされる」

「何だよ、それ」

「でも今はこんなだから、行きたくても行けないんだよ。頼む。ナッカン、代わりに行ってくれ」

「どういうことだよ。ちゃんと説明しろよ」

「それは、あんまりしたくない」

「しなきゃわかんないだろ。ただ行けと言われても、行けないだろ」

「京成《けいせい》のお花茶屋《はなぢやや》にある牛島《うしじま》さんて人の家。そこに三時。だからすぐに出てくれないと間に合わない」

「だから何でだよ」

言いながら、時計を見る。目覚まし機能はもうつかっていない目覚まし時計。針は二時二十分を指している。

町屋からお花茶屋まで、京成なら十分ちょいだ。ただ、ここから町屋まで出るのに十分かかる。

「知り合いなのか？　その牛島さんていう人」

「知り合いではない」

「じゃあ、何だ？」

「えーと」

「何だよ。時間がないんだろ？」

「金を取りに行かなきゃいけないんだよ。渡されることになってるんだ。二百万」

「二百万？　何の金だよ」

「わからない。おれも詳しいことは知らない。それをもらってくるよう言われてる。もらったら、おれのケータイに電話が来ることになってる」

「それは、ヤバいだろ」

「だからヤバいんだよ」

「次郎。お前、何やってんだよ」

「それはいいよ。とにかく頼むよ。ナッカンが行ってくれなかったら、おれ、ほんとにヤバい。ヤバいやつらなんだよ」

「これまでに何かされたのか？」

「これまでは、されてない。でもわかるよ。おれもいろいろ見てきてるから。そいつらはかなりヤバい。あとでちゃんと話すから。だから今日だけ。頼むよ、ナッカン」

いや、無理だろ。と思いつつ、言う。

「これ一度だぞ」

「よかった。ありがとう。ナッカン」

引き受けるしかなかった。とりあえず、急場をしのぐのが先。そう判断した。あとのことはそれからだ。

次郎に正確な住所を聞き、やるべきことも聞いた。訪問し、金を受けとる。本当にそれだけ。受けとったらすぐにおれが次郎に電話をかけることになった。次郎は次郎で、雇い主からの電話を待つ。そんな段取りだ。

時間がない。すぐに風見荘の部屋を出た。

うまい具合に来てくれた路面電車の都電荒川線に乗って、町屋駅前へ。町屋から京成本線でお花茶屋へ。

訪問先は、葛飾区お花茶屋の牛島しのいさん宅。

作造の葬儀で練馬に行ったとき、カフェで小本磨子にスマホの地図アプリのつかい方を教えてもらった。そうしておいてよかった。だからどうにか午後二時五十五分に牛島さん宅にたどり着けた。五分前行動。会社員時代を思いだした。

その辺りには珍しい、庭のあるお宅だった。敷地が高い塀に囲まれていた。富裕層と一目でわかる。だからこそ標的にされたのかもしれない。

久しぶりに緊張した。ここまで緊張するのは、七十五歳にして初めてかもしれない。無理もない。おれは明らかに道を踏み外そうとしているのだ。たかだか一時間前まではただのじいさんとして普通に暮らしていたのに。

塀に付けられたインタホンのボタンを押す。ウィンウォーン。

数秒後、女性の声が聞こえてくる。

「はい」

どう言っていいかわからず、こんなことを言う。

「あの、えーと、すいません。受けとりに来た者ですが」

「お待ちください」

プツッと通話が切れる。

やはりどうしていいかわからず、その場に立ち尽くす。

しばらくして、玄関の引戸が開く音がする。こんな声も聞こえてくる。

「どうぞ」

自分で門扉を開け、敷地に入る。敷石を歩き、玄関へ。

引戸の外に、ややふっくらした女性がいる。おそらくは八十代。おれが見ても、おばあさん。牛島しのいさん、だろう。

「入って」

「え？」

とまどうおれを尻目に、しのいさんは三和土《たたき》に入ってしまう。

しかたなく、おれも続く。

そして三和土では。

「上がって」

「いえ、それは。えーと、頂きに来ただけなので」

「お茶の一杯ぐらい飲んでいって」

「いえ。ほんとにそれは」

しのいさんはマイペース。なかに上がってしまう。

まさにしかたなく、おれも続く。上がって、何故か靴の向きを直し、しのいさんについていく。

通されたのは客間。どっしりした座卓が置かれた和室だ。

「座って」

言われるまま座布団に座り、三分ほど待つ。

しのいさんが、湯呑二つと菓子器を載せたお盆を運んでくる。菓子器には、個別包装のせんべいとまんじゅうが入っている。

「どうぞ」

「すいません」

しのいさんもおれの向かいに座る。さすがに落ちつかない。これが普通なのか？　と思う。

そんなわけないよな、とすぐに打ち消す。

「このたびはリュウセイがご迷惑をおかけして申し訳ありません」

そう言って、しのいさんは深々と頭を下げる。

「あ、いえ」

「しかも、ご親切にわざわざ取りに来ていただいて。何せ年寄なものですから、本当にたすかります」

「いや、それは、まったく」

「休んでください。どうぞ、お菓子でも召し上がって」

「あぁ。えーと」

「お嫌いですか？」

「いえ、嫌いでは」やはりしかたなく言う。「では、一つだけいただきます」

まんじゅうよりはこちらだろう、とせんべいを選ぶ。そこそこの大きさの厚焼きせんべい。贈答品の詰め合わせの箱から取りだしてきたようなそれだ。

袋を開け、頂く。おれは七十五歳だが、歯は丈夫。幼少期の母の指導のおかげだ。

「リュウセイが立派な会社さんに入れて、わたしどもも喜んでたんですよ。でも、ミスをしてしまったとかで。あの子なりに一生懸命やった結果なのでしょうけど」

「あぁ」としか言えない。

「リュウセイも、タイセイには言いづらかったのだと思います。男同士って、たとえ親子でも、ライバルみたいになることもありますでしょ？　だから祖母のわたしに言ってきたんですよ」

話が見えてきた。

リュウセイがしのいさんの孫で、タイセイが息子。ニセリュウセイからしのいさんに、仕事で大きなミスをしたとの電話がかかってきたのだ。おそらく、電話口で泣きに泣いたのだろう。声がちがうとしのいさんに気づかれないように。判断力が鈍るぐらいしのいさんをあわてさせるように。

「新人のリュウセイのためにこうして会社のかたが動いてくださるなんて、ご親切ですのね」

「まあ、はい」

「もっとお若いかたが来られると思ってましたよ。でもわたしと歳が近いかたで安心しました。と言ったら失礼ですね。八十三のわたしよりはずっとお若いでしょうし。今は、年齢の高いかたもいらっしゃるんですね。定年も昔は五十五歳でしたけど、だいぶ引き上げられたようですし」

だとしても、七十五歳は無理がある。その歳で会社にいるのは経営者側。専務や常務クラスだ。そんな人たちがこんなおつかいはしない。

「あなたのようなかたでよかったです。ありがとうございます。これからもリュウセイをよろしくお願いします」

しのいさんの感謝の仕方は見事。おれは自分が本当にいいことをしているのだと錯覚しそうになる。そして、思う。受け子も高齢者にする。そうすることで警戒を解かせる。うまいやり方かもしれない。

振り込め詐欺の被害者となるのはほとんどが高齢者。いきなり電話がかかってきて、仕事で損害を出しただの電車で痴漢をしただの女性を妊娠させただのと言われる。すぐにお金を用意してくれればどうにかなるとも言われる。身なりの整った三十代四十代の者がそれを受けとりに来る。そのほうが現実味はあるかもしれない。だが同じ高齢者が来れば疑わない。まさにしのいさんが言うように、安心する。

ということで、次郎がつかわれたわけだ。

しのいさんが部屋を出て、すぐに戻ってくる。また向かいに座り、白い封筒をおれの前に置く。厚い。一万円札が二百枚入っているのだから当然だ。

いくらかほぐれていた緊張が一気に高まる。まだ口のなかに残っていたせんべいを、おれはお茶で飲み下す。あわててそうしたので、少しむせる。七十五歳。誤嚥《ごえん》性肺炎に注意。だが今は無理。

おれは次郎の代わり。ただの代役だ。とはいえ、これを受けとったらすべてが終わる。そんな気がする。

明らかにおかしいことはわかっているのだ。おれは悪くない、ではすまされない。

が。次郎が関わってしまっている。おれが下手なことをすれば、次郎が危険な目に遭う。

電話の次郎は本気でおそれていた。怯えていた。

ただ。話がうますぎるような気もする。受け子が金を取りに来て、気のいい老婦人が出迎える。すっかりだまされている様子で、家に上がれと言う。お茶を飲んでいけと言う。そして金の入った封筒を出す。

もし受けとったら。いきなり襖が開いて警官が何人も登場し、おれは取り押さえられるのではないか。あやしいと思ったしのいさんはすでに通報していて、犯人逮捕の協力を警察に要請されたのではないか。そんなニュースをよく見聞きする。だまされたふり作戦、だ。

いや、しかし。これまでのしのいさんの言動はすべて演技。そんなことがあるだろうか。一般女性が大した打ち合わせもなくここまですんなりやれるだろうか。

封筒には手を出さず、おれは今さら言う。

「牛島しのいさん、ですよね？」

「はい」

「今、こちらにはお一人でお住まいですか？」

「ええ。週末にタイセイが訪ねてはきますけど。様子を見に」

「タイセイさんは、息子さんですか？」

「はい」

「タイセイさんに、このことを話しましたか？」

「いえ。わたしが勝手に話したらリュウセイがいやだろうし」

「では、リュウセイさんに、ご自分で電話をかけ直しましたか？」

「いえ。今は大変で、それどころじゃないでしょうから」

「電話の声は、確かにリュウセイさんでした？」

「そうだったと、思いますけど」

ふうっと息を吐き、おれは言う。

「リュウセイさんに、きちんと確認したほうがいいかもしれませんね」

「どうして？」と不思議そうな顔でしのいさんは言う。

それが演技だとは、やはり思えない。役者ならやれるかもしれない。だが詐欺グループが狙った相手がたまたま役者である可能性は低い。ない、と断言してもいい。

もう、はっきり訊いてしまう。

「今、この家に警察がいますか？」

「はい？」

「ほかの部屋で警官が待機していますか？」

「して、ませんけど」

そうだろう。

「何ですか？」と逆に訊かれる。

おれは封筒を手にする。そして数秒待つ。

襖は開かない。警官は現れない。

封筒をしのいさんの前に置く。

「このお金はいりません。牛島さんが払う必要もありません。お返しします」

「でも払わないとリュウセイが」

「だいじょうぶです。リュウセイさんはおそらく、仕事でミスなどしていません。今もいつもどおりに働いてると思います」

「どういうことでしょう」

「これは詐欺です。牛島さんをだまそうとしてる人たちがいるんですよ」

「だます？」

「はい。振り込め詐欺というものがありますよね？　あれの一種です。一種というか、そのものです。お金を銀行口座に振り込ませるのではなく、直接取りに来るという」

「あなたが、取りに来たんですか？」

「そういうことです」

「それを、言うんですか？」

「はい。いろいろと込み入った事情がありまして」

「事情」

「わたしがこうしないと、傷つけられる人間がいます」

「傷つけられる？」

「はい。暴力をふるわれるのだと思います」

「まあ。大変」

そうはさせたくない。が、しのいさんを詐欺の被害者にもしたくない。しのいさんが被害者にならなければ、次郎も加害者にならない。だからこうするしかない。

「急遽《きゅうきょ》伺うことになって。流されるまま来てしまいました。考える時間もありませんでした。牛島さんとお話をして、ようやく冷静に考えられました。いや、本当なら考えるまでもない。どうか警察を呼んでください。わたしが事情を話します。と言うほどわたしにもわかってはいませんが、知ってることはすべて話します」

「そうしたら、そのかたが傷つけられてしまうのではないの？」

「そこまでは、わかりません。もしかしたらだいじょうぶかもしれません。警察が入ることで、悪い上の連中はサーッと逃げるでしょうから」

「そのかたは」と言って、しのいさんがおれの顔を見る。じっとだが、優しく。「あなたのお知り合い？」

「そうですね」

話をしている場合ではない。時間がない。警察を呼ぶなら、早く呼んでもらわなければならない。

「あの、牛島さん、そろそろ警察を」というおれの言葉にしのいさんがかぶせる。

「警察は、呼びません」

「え？」

「わたしはこのお金をとられませんでした。だから呼ぶ必要はありません」

「ですが、犯人の一人がここにいますし」

「あなたは犯人ではありませんよ。だって、わたしを守ってくれたんですから」

「いえ、守っては」

「あなた以外の人が来てたら、わたしはまちがいなくお金を渡してました。何もおっしゃってくださらなければ、あなたにもお渡ししてましたよ」

そうだと思う。おれにも渡していたし、次郎にも渡していたはずだ。

「たすけていただいたのに警察を呼んだりはしません。わたしはだいじょうぶだった。それで充分です。まさか二度同じことをやってはこないでしょ。わたしも次は注意しますよ。リュウセイにもタイセイにも電話します。ですから、このことはこれで終わりにしましょう」

何も言わずに考える。これでいいのか。いいわけない。

おれを見て、しのいさんが鋭いことを言う。

「お金を持っていかなかったら、あなたかお友だちが、暴力をふるわれる？」

「いえ。気づかれそうになったからすぐに逃げたと言えば、どうにかなるかと」

それでどうにかなるかはわからない。だがそうするしかない。

「もしあれなら、半分の百万円は持っていく？」

「いえ、まさかそんな。それはそれで変ですし」

「そうよね。とにかくだいじょうぶ。わたしは警察を呼びません」

「本気ですか？」

「本気ですよ」

「それでいいんですか？」

「いいですよ。ほかのかたが今後被害に遭われたらよくないとは思いますけど。でもあなたとあなたのお知り合いは、もうこんなことしないでしょ？」

「はい。しませんし、させません」おれは迷った末に言う。「わたしは中林継男といいます。もし気が変わって警察に言うなら、名前を出していただいてかまいません。そのときは、やはりきちんと話をします」

「ナカバヤシツグオさん。どういう字？」

「中の林に継続の継に男です」

明かしたのはおれの名だけ。次郎の名は明かさなかった。

しのいさんも訊いてはこない。代わりにこんなことを言う。

「では中林さん、お茶をもう一杯いかが？」

さすがに遠慮した。早く次郎と話さなければいけないから。


気づかれそうになったので逃げた。だがはっきり気づかれてはいないはず。

次郎にはそう説明させた。午後三時半に電話をかけてきた相手にだ。

詐欺じゃないですよね？　と牛島さんに何度も訊かれた。ちがうと何度も言ったが、なかなか信用されなかった。では交番のお巡りさんに立ち会ってもらって渡します、と言われた。マズいと思い、信用していただけないならいいです、お金をもらえなくてもこちらは困りません、と言って立ち去った。

　そんな流れにした。

　警察に通報されたのか？　と訊かれ、されてはいないと思います、と次郎は答えた。そう答えるよう、おれが事前に言っておいた。相手ははっきりした舌打ちを響かせ、次の連絡を待て、と言って電話を切ったそうだ。

　牛島さん宅を出ると、おれはすぐに次郎に電話をかけ、その打ち合わせをした。

　それから京成本線と都電荒川線を乗り継いで、次郎のアパートに行った。東尾久の隣、西尾久にあるよもぎ荘だ。おれの風見荘よりずっと古い。植物から名前をもらうにしても、れんげとかつつじとか、ほかにありそうなものなのに、よもぎ。

　部屋は一階。カギは開けとくからドアを開けて入って。電話でそう言われていたので、実際にそうした。

　次郎は薄っぺらな布団に横たわっていた。牛島さん宅で頂いた厚焼きせんべいより薄そうな敷布団だ。腰には湿布薬を貼っていた。前にドラッグストアで買っていたものの残りだそうだ。きちんと密封していなかったので、乾燥気味。あまりスースーしないという。

「ごめんな。ナッカン」

　おれは敷布団のわきにしゃがみ、こう返した。

「何をやってるんだよ。次郎」

「ナッカンを巻きこむつもりはなかったんだ。ほんとにごめん」

「おれは自分が巻きこまれたことを怒ってるんじゃない。お前が悪事に加担したことに怒ってるんだ。話せ。何なんだ、これは」

「その前に。牛島さんは？　どうだった？」

電話でも簡単に伝えていたが、おれはあらためて牛島さん宅であったことを話した。

「ほんとに？」と次郎もあらためて驚いた。「それで警察を呼ばないなんて、すごいな」

「おれも驚いたよ。おれ自身が呼ぼうかと思った。あの感じだと、しのいさんは息子のタイセイさんにも話さないよ」

「何で？」

「話したら、タイセイさんが警察に言うかもしれないから。被害者なのに、そこまでおれたちのことを心配してくれたんだよ。おれたちのことというか、次郎のことを。こんなこと、普通は絶対にない。お前は救われたんだよ。おれにじゃなく、しのいさんに救われたんだ。ぎりぎりのところで」

「でも」

「何だ」

「もうやっちゃったよ、一度」

「そうなのか？」

「うん。そのときも、結局金はもらえなかったけど。だからヤバかったんだ。二度続けての失敗は許さないって言われてたから。実際、それで殴られたやつもいたみたいだし」

「何で金をもらえなかった？」

「その家の女の人はさ、たぶん、認知症だったんだよ。見た感じは普通なんだ。会話もできるし、応対も丁寧。ただ、たまに言ってることがおかしくなる」

「どんなふうに？」

「今言ったことをまたすぐに言うとか。おれを誰だかわからないやつの名前で呼ぶとか」

「ずっとじゃなく、時々そうなるっていう人もいるみたいだしな」

「でさ、おれが金の話をしたら、きょとんとしてるんだよ。何のお金ですか？　みたいに。きれいに忘れてたんだな。そんなでも、人が訪ねてきたら、やっぱり玄関には出るんだよ。電話がかかってきたときも普通だったんだと思う。おれが金のことを何度言っても思いださなくてさ。埒《らち》が明かないんで引きあげたよ。家に上がりこんだら強盗になっちゃうし」

「それで、どうした？」

「電話を待って、そのまま報告したよ。金は用意してなかったとも伝えた。玄関の靴箱の上なんかは見たけど、封筒とかそんなようなのはなかったって」

「じゃあ、そのときも金は受けとってないんだな？」

「ないよ」

だったら、まだだいじょうぶかもしれない。いや、わからない。そのお宅を訪ねてしまってはいる。女性の記憶が戻らないとも言いきれない。次郎は顔を見られてもいる。

「二度続けての失敗は許さないって、言われたのか」

「うん。次もしくじったら半殺しなって。今回のこれはおれのせいじゃないって、おれは言ったんだけど」

「そしたら？」

「お前のせいではなくても半殺しなって。またおかしいのに当たらないよう祈れって。そのあと、初めにもらってた一万円も取られたよ」

「取られたっていうのは、取りに来たっていうことか？」

「うん。ここに」

「家を知られてるのか」

「知られてる。初めにその一万をもらったとき、スマホで写真も撮られたよ。もらうその瞬間を。二人いた片方に」

「そんなのは、どうとでも言えるだろ。写真でどんな金かまではわからないんだから」

どんな金かまではわからなくても、疑われはする。例えば詐欺で捕まった男のスマホからそんな写真が出てきたら。

「きっかけは何だったんだ。何でこんなことになった」

「何年か前に日雇いの警備をしばらく一緒にやったやつがいて。そいつから声がかかったんだよ。こういう割のいい仕事があるからやんないかって。一日で三万もらえるぞって」

「そんなの、あやしいと思わなかったのか？」

「思ったよ。おれはバカだけど、いくら何でもそのくらいのことはわかる。でも、バカなふりをするしかないときもあるんだよ。考えないようにするしかないときもあるんだよ。ナッカンには、たぶん、わかんないよ」

そう言われ、言葉を返せなくなる。初めてだ、次郎がこんなことを言うのは。

「ナッカンはいいよ。大学にだって行ったし」

「行っただけだ。卒業はしてない。だから資格はない。高卒だ」

「おれは中卒だよ。町工場に入っても、技術がないからすぐにクビ。仕事なんて選べない。やらせてもらえるのは、穴を掘ったり、一日じゅう外に立ってたり、人の家具を運んだりすることだけ。工事、警備、引っ越し。そんなののくり返しだよ。新聞配達もやったことがあるけど、たばこを盗んだと疑われて辞めた。金ですらない。たばこだよ。もちろん、おれはそんなことしなかった。おれのことが気に食わないやつがありもしないことを言いふらしたんだ。気に食わない理由は何だと思う？　そいつの持ち場よりおれの持ち場のほうがちょっと楽だから。それだけ。そんな世界で、おれはずーっとやってきたんだよ」

「だったら、やりきれよ」

「もうこの歳でやれることなんてないよ。金はないのに、やれることもない。そしたら声がかかったんだ。一日三万だぞって」

「どうしても無理なら、生活保護を受けるという選択肢だってある」

「みんなそう言うんだよ。簡単にさ。でも申請したって、あれこれ難癖つけられてなかなか通らないって話だし。受けなくてすむなら受けないようにしたいんだよ。おれだって、ナッカンみたいに自分の力でやっていきたいんだよ。それは、いけないことなのか？」

「いけないことではない。ただ、見極めはしろ」

「おれはナッカンみたいに頭がよくないんだよ」

「それは頭の問題じゃない。気持ちの問題だ。話を聞いて、あやしいとは思ったんだろ？　だったらそこで止まれ。言うなら、今じゃなく、そこでおれに言え」

そう言ってみて、少しいやな気分になる。迷惑をかける前に言え、と言った形になってしまったから。

次郎とは、片見里で小学校と中学校が一緒だった。高校は別。次郎は一年でやめてしまった。勉強が好きではなかったという理由と、家が裕福ではなかったという理由とで。

次郎は職を転々とした。二十代の半ばで駄菓子をつくる会社に勤め、そこは長く続いた。その時期に、取引先の社員であった海老沢俊乃《えびさわとしの》さんと結婚した。その後、娘の愛乃ちゃんが生まれ、家族三人で片見里の東団地に住んだ。

が、おれの学習教材販売会社同様、その駄菓子をつくる会社も倒産した。次郎はまた職を転々とすることになった。四十代中卒の再就職。当時でも相当厳しかったと思う。

夫婦関係もうまくいかなくなり、今から三十年前、愛乃ちゃんが十五歳のときに次郎は離婚した。そして一人、片見里から東京に出た。

まずは南端、大田区《おおた》に住み、そこに多い町工場で働いた。すでに四十五歳。正社員にはなれず、まさにあちこちを渡り歩く感じだった。

その後、やはり町工場が多い荒川区に移った。そうしろとおれが言った。

それが二十五年前。だから東京でのおれと次郎の付き合いも二十五年になる。四半世紀だ。

愛乃ちゃんは今も片見里に住み、看護師として働いている。勤務先は、片見里総合病院。

俊乃さんは、十五年前にそこで亡くなった。そのときも、次郎は片見里に帰らなかった。自分で言っていたように。邪魔になるだろうと思って。

愛乃ちゃんの名字は、今も海老沢。両親のように離婚したわけではない。一度も結婚していないのだ。たまたましなかったのか、する気がないのか。それは次郎も知らない。会うことも話すこともないから。

生活に最低限必要なものしかないよもぎ荘のこの部屋にも、子どものころの愛乃ちゃんの写真だけは五十枚ぐらいある。一番大きい愛乃ちゃんは十二歳。小学六年生。中学生になってからの写真はない。そのころにはもう、家族で写真を撮るようなことはなくなっていたのだ。

家族はいるのに会えない七十五歳の男。そんな次郎が今、おれの前に横たわっている。悪い連中に取りこまれ、ぎっくり腰にも見舞われた状態で。

つまるところ。次郎は人に恵まれなかったのだと思う。例えばおれは、ポリ袋会社の兵藤社長や風見荘の千景さんと知り合うことができた。次郎にはそれがなかった。おれにとっての二人のような人がいなかった。

どうにかやってこられたおれとつまずいてしまった次郎のちがいはそれだけだ。学歴でも頭の良し悪しでもなく。人。そこへとつながる、運。

「これまでのことはいい」とおれは次郎に言う。「ただな、もうやめよう」

四月　田渕海平、捜す

俺は片見里で生まれた。

中学生のころまで、片見里を出ることは考えなかった。ずっとそこで暮らしてくもんだと思ってた。でも高校に行って見方がちょっと変わった。よその町に目が向くようになったのだ。

俺の家からJR片見里駅は遠い。行くならバスに乗らなきゃいけない。本数は少ない。朝夕はちょこちょこあるが、昼は三十分に一本程度。

だから中学までは電車に乗ることがほとんどなかった。市内のあちこちには親父の車で行ったし、県庁がある市のデパートにも、やっぱ親父の車で行った。電車に乗るのはその先、東京に行くときだけだった。東京ディズニーランドとか、東京スカイツリーとか。

高校へは電車通学。駅まではチャリで行った。雨でチャリはツラいので、そんなときはバス。でもたいていは母ちゃんが車で送ってくれた。車は親父も通勤でつかうから、二台あるのだ。親父用のセダンと母ちゃん用の軽。だいたいどこの家もそう。片見里では、車がなきややっていけない。

俺は田渕海平で、親父は海栄。

じいちゃんは万栄《まんえい》。俺が幼稚園児のときに亡くなったから、よく覚えてない。遺影で見るじいちゃんが、俺にとってのじいちゃんだ。かなりマジな顔をしてる。でも話せば楽しい人だったらしい。ばあちゃんがそう言ってた。

万栄、海栄、と来てるから、俺にも栄の字をつかいそうなもんだが、そうはならなかった。親父によれば。いいのを思いつかなかったらしい。

そこで、栄じゃなく海をつかうことを母ちゃんが提案した。親父が乗り、じいちゃんもばあちゃんも反対しなかった。結果、俺は海平になった。

親父は信金に勤めてる。信用金庫だ。県庁の近くまで毎日通ってる。片見里駅のそばにある駐車場に車を駐め、電車に乗るのだ。

銀行と信金のちがいはよくわからない。それこそ幼稚園児のころから親父に百回は聞いたはずだが、いまだにわかってない。信金は銀行よりは小規模で地元の人たちが相手、との印象があるくらい。要するに、興味がないのだ。

親父もそれはわかってた。だから俺を信金に入れようとしたことはない。俺の大学のレベルじゃ縁故採用はキツい。そう思ってたのかもしれない。

俺も信金に入りたいと言ったことはない。考えてみたことは、ちょっとある。親父の口利きで入れてもらえるなら楽かな、と。実際に頼んでたら、親父も動いてくれただろう。受かってたかは、微妙。でも面接まではたどり着けてたはずだ。

もし受かってたら。そこで内定取り消し。本当にヤバかった。信金内での親父自身の立場まであやうくなってただろう。

親父は今、五十二歳。部長。たぶん、収入はいいのだと思う。俺が高三のときは課長だった。で、俺は一人っ子。奨学金に頼るでもなく、東京の私大に行かせてもらえた。一人暮らしまでさせてもらえた。親父は反対しなかった。母ちゃんも同じ。海平がいなくなったらさびしいねぇ、とばあちゃんが言った程度だ。

アパートは、足立区のそれに決めた。大学の場所と家賃相場から検討したらそこへ行き着いたのだ。スタイルズ新田。名前はダサい。新田は、にったじゃなく、しんでんと読む。地名なのだ。足立区新田。

最寄駅は東京メトロ南北《なんぼく》線の王子神谷《おうじかみや》だから北区《きた》っぽく思えるが、足立区。隅田《すみだ》川と荒川に挟まれて島みたいになってる。いや、島というよりは中州か。

大学がある駅までは南北線で八分。そのうえ家賃が四万円台。ということでそこにした。ワンルーム。共益費込みで、四万八千円。安い。ただし、四畳。トイレはあるが、フロはシャワーのみ。バスタブがない。

四年間ずっとそこで暮らし、五年めに突入した。

勤務地の近くにアパートを借りるつもりでいたのに。

まさか二度めの更新をするとは。


四月になっても、内定取り消しショックは癒えない。癒えるどころか、増した感がある。

そりゃそうだろう。三月まで一緒だった大学の同期生たちは社会人として新たな一歩を踏みだしたんだから。俺だけがその場で足踏みをしてんだから。

就活は、まだしてない。本当なら三月にスタートしてるはずで、今はもう四月。なのに、してない。

何だか気が抜けた。ポヤ〜ンとしてしまった。一日じゅうアパートのベッドに寝そべってる。十時間寝たあとで、何すっかなぁ、と思い、寝るか、なんてやってる。次起きたら就活すっか、と言ったりもしてる。

で。

ばあちゃんと約束してしまった。十万円を、もらってしまった。報告はしなきゃいけない。

人捜しをしなきゃいけない。

見つかるわけないと思ってた。ならどうするか。それは思いつけなかった。だから就活同様、ズルズル先延ばしにしてきた。

とりあえず、行ってみっか。スマホで町の写真を撮れば、捜したことの証明にはなる。こんなとこだったよ、とばあちゃんに写真を見せられる。

そう考えたら、ちょっと楽になった。見つけられるかも、と思ったわけじゃない。やることができた、と思えただけ。

王子神谷から隣の王子まで南北線で行き、そこからは都電荒川線で東尾久三丁目まで行く。それが妥当な行き方らしい。東尾久にはもう一つ、熊野前《くまのまえ》、という停留場もある。その前の、宮ノ前《みやのまえ》、で降りて、西尾久から東尾久に入ってもいい。

あらためて、東尾久はかなり広いことがわかった。一丁目から八丁目まである。小学校は二つある。道の一本一本なんて、とてもじゃないが歩けない。

俺はもう大学にほぼ行かないから、定期は買ってない。王子神谷から王子までは節約のために歩くべきだろう。と思いながらアプリの地図を見てたら、足立区の新田から荒川区の東尾久の近くまで、荒川沿いを歩いて行けそうなことがわかった。あくまでも、行けそう。実際に歩いたら、たぶん、四十分くらいかかる。その後、東尾久でも歩きまわることを考慮し、それは断念した。

そんなわけで、王子まで歩き、都電荒川線に乗った。

荒川線は、どこからどこまで乗っても料金は一律。現金なら百七十円。たすかった。

一応は路面電車。線路というか、軌道はある。でも足代わりのバスみたいなもんなので、停留場は多い。前方に次の停留場が見えてたりもする。

そうはいっても電車ですよ、とばかり、発車する前に、チンチン、と鳴る。運転士が毎回鳴らしてるんじゃなく、自動で鳴ってるっぽい。いわば演出だ。

でも、何か和んだ。これはばあちゃんも喜ぶかも、と思い、チンチン、をスマホの音声レコーダーで録音した。そして降りてから、電車そのものや軌道も写真に撮った。それだけでもう、仕事を終えたような気分になった。

さて、どうするか。

町の主要道っぽいとこを歩いてみた。尾久本町通り、だ。

荷物はボディバッグのみ。それはななめ掛けしてるから、手ぶらは手ぶら。楽。

昔からやってそうな寿司屋だのそば屋だの中華料理屋だのがあった。チェーン店じゃない。どう見ても個人経営の店。店主が二階に住んでる、みたいなの。

信金もあった。東京にもあるんだな、と思った。まあ、あるか。都内だとどうしても都市銀ばかりが目につくが、ないはずはないのだ。大企業だけじゃなく、中小企業もたくさんあるから。

東尾久を南北に縦断する日暮里《にっぽり》・舎人《とねり》ライナーの高架をくぐり、東尾久の西側に入る。少し歩くと、おぐぎんざ、と書かれたアーケードが見えたので、右に曲がり、それをくぐった。

その前からすでに商店街っぽかったが、そこはもうまさに商店街。酒屋に八百屋にせんべい屋に花屋に服屋にメガネ屋にスーパーに美容室に歯科医院に整骨院。いろいろあった。さつきとは別の信金もあった。最近はあまり見ない万国旗が、頭上、電線よりは下のとこに掛けられてた。

距離は五百メートルくらい。端から端まで歩いたら七、八分かかった。いわゆるシャッター通りにはなってない。これも東京ならではだ。片見里じゃこうはいかない。ここもばあちゃんは好きだろうと思い、やっぱ写真に撮った。

でも、それだけ。ただ歩き、町並を写真に撮っただけ。人捜しに関しては、何もしようがなかった。

知ってるのは、中林継男という名前と七十五歳という年齢と片見里出身ということだけ。肝心の顔は知らない。

片見里出身で今七十五歳の中林継男さんを知りませんか？　と商店街の人や歩いてる人に

訊いたって、わかるわけない。気味悪がられるだけだろう。俺だって、誰かにいきなりそんなことを訊かれたら、そっちを見もせずに、知りません、と言う。下手すりゃ無視しちゃうかもしんない。

絶対に見つかるわけないよなぁ。

と思う一方で、こうも思う。

探偵を雇えば一発なんだろうなぁ。だって、中林継男はただ東京に出ただけ。別に逃げ隠れしてるわけじゃないんだから。

でも探偵なんて雇えない。たぶん、調査料はムチャクチャ高いはず。ばあちゃんにもらった十万じゃとても足りないだろう。しかも、すでに生活費で五万はつかっちゃってる。毎日ヤケ気味にビールを飲んだから、あっという間にそうなった。

ばあちゃん自身も言ってた。探偵に頼むというのはちょっとちがうのだと。俺に頼めるから頼みたいのだと。

なら、どうするか。

歩いたとこでどうにもなんないよなぁ、と思いつつ、歩く。アプリの地図を見ながら、東尾久を何となく一周する。

東に戻り、地図で見るだけでかなり広いことがわかる尾久の原公園。その隣の首都大学東京荒川キャンパス。ここは来年度から東京都立大学に名前が変わるらしい。

そこからまた西に行き、西尾久との境の辺りを南下する。一戸建てにアパートやマンションが交じる住宅地。そこを抜け、広い明治《めいじ》通りに出る。

そしてまた東に戻り、尾久の原防災通りというのを北上し、都電荒川線の軌道にぶつかる。

結構歩いた。何だかんだで二時間以上。町の空気感はつかめた。そんな気になった。で、今さらこう思う。

中林継男がこの町にいるという保証はないんだよなぁ。いたことはあるのかもしんないけど、何年も前によそに移ってる可能性だってあるんだよなぁ。

俺は一方通行路の歩道で立ち止まり、車道を挟んだ先にある都電荒川線の軌道を眺める。

軌道といっても、この辺りのそれは線路っぽい。柵でちゃんと区切られ、茶色の石がちゃんと敷かれてる。これなら鉄道路線にしか見えない。

顔を下に向け、今度は自分の足もとを見る。

こんなふうに立ち止まったときによくやるのだ。立ち止まるのは、行き詰まってるときだから。

就活をしてたころもそうだった。うまく進んでいかないときはいつも立ち止まり、自分の靴を見た。うなだれるんじゃなく、まさに前向きな意味で、足もとを見つめ直した。

履いてたのは、かなりいい革靴だ。これはすごくいいからと親父が買ってくれた。実際、すごくよかった。就活をするときはまた履くつもりだ。

今履いてるのは、プーマのスニーカー。

ナイキでもアディダスでもニューバランスでもない。プーマ。サイドのあのニュルンとしたラインが好きなのだ。ピューマが跳びはねてるロゴマークも好き。

左右の靴。上から見ると。左が前に出てる。四十五度くらいの角度で左向き。右は正面に近い。やや右向き。休めの姿勢をとってる感じだ。そう。俺はまさに休んでる。立ち止まってる。

左の靴の左側面。ニュルンとした白いラインのわきにロゴマークも描かれてる。ピューマは跳んでる。俺は跳んでない。

って、何だ、それ。

その時点で午後六時。まだ空は明るいが、すぐに暗くなりそうな気配もある。

ということで、俺はやっぱ跳ばない。今日はもういいや、と思い、すぐ先に見えた焼鳥屋に入る。看板によれば、『とりよし』。住宅地にある常連客が多そうな店。普段なら絶対に入らない類。

二時間以上歩き、疲れてたのだ。ノドも渇いてた。ビール！　と思ってしまった。この時間なら店もまだ混んでないだろう、とも。

引戸を開けて、なかへ。

L字型のカウンターにイスは十程度。テーブル席はなし。思ったより狭い。

そのカウンターの内側に店主らしき人がいる。六十代後半から七十代前半くらい。坊主頭。いかつい。

「いらっしゃい」

「一人なんですけど。いいですか？」

「いいよ」

お客はすでに二人いる。ともに六十代くらいの男性。二人組ではない。別々。たぶん、地元民。

L字の短い横棒のほう、引戸から近いとこにあるイスに座る。

「飲みものは？」と訊かれ、

「生を」と答える。

「ウチ、瓶しかないけど」

「じゃあ、それで」

中瓶の栓が抜かれ、コップとともにカウンターに置かれる。瓶のビールを久しぶりに見た。最近はもう実家でも缶だ。

カウンターにあるのは割り箸としょうゆと七味のみ。メニューはない。壁にペタペタと紙が貼られてる。

それを見て言う。

「注文、いいですか？」

「はいよ」

いつも行くのはチェーン店。行くときは誰かと。だから勝手がわからない。

「ねぎまと、タンと、ハツと、レバーと、つくね。一本ずつでもいいですか？」

「いいよ」

「あと、枝豆と冷奴をください」

「枝豆とやっこ。焼鳥、タレと塩はどうする？」

「どっちもできますか？」

「うん」

「じゃあ、レバーとつくねだけタレで」

「はいよ。レバーとつくねがタレね。ねぎまとタンとハツが塩」

「お願いします」

手酌でビールをコップに注ぐ。グラスと言うよりはコップと言いたくなる、小さなタンブラータイプ。四口くらいで一杯を空けられる。実際に四口で一杯を空け、すぐに二杯めを注ぐ。

俺、二十二歳。荒川区の焼鳥屋で午後六時から一人酒。だいじょうぶなのか？

奥の棚にテレビが置かれ、ＮＨＫのニュースが流されてる。それがＢＧＭ代わり。聞こうと思えば聞ける。そのくらいの音量だ。

画面をぼんやり見ながらビールを飲む。

まずは枝豆と冷奴が届けられる。

枝豆を一つつまんでから、冷奴にしょうゆをかける。そうすることで、ふわふわのかつおぶしが落ちつく。

割り箸を割り、冷奴を食べる。うまい。しょうがとねぎとかつおぶし。そこにしょうゆ。誰がこの組み合わせを考えたのか。

枝豆も冷奴も今年初めて食べたことに気づく。

豆腐なら食べた。内定取り消し報告のため実家に帰ったとき、カキ鍋に入れられてた。でも冷奴として食べるのは初めてだ。

あのときは冬だったが、今はもう春。豆腐を冷奴として食べてもおかしくない時季になった。俺の状況は何も変わってない。時間は経ったのに変わってないのだから、むしろひどくなったような気もする。

次々と届けられる焼鳥を食べ、ビールを飲む。つくねもねぎまもうまい。タレでも塩でもうまい。やっぱ焼き立てを食うに限る。焼鳥も焼き立てって言うのかな。まあ、言うか。

二本めのビールとポテトサラダと煮込みを頼み、さらに食べ、飲む。もう、ガツガツいく。

路面電車に乗り、その写真を撮る。商店街も歩き、その写真も撮る。それだけで義務を果たしたような気分になって、酒を飲む。ばあちゃんに申し訳ない。初めから俺に期待なんてしてないだろうが、ここまで何もできないやつだとは思ってないかもしれない。東京に出て四年も経つんだからもうちょっと何かできるやつになってるはずだとは思ってるかもしれない。

いやぁ。東京の三流大学生なんてこんなもんだよ、ばあちゃん。何かできるつもりになってるやつは多いけど、実際にできるやつは少ないよ。

店はいつの間にか七割がた埋まってる。俺の隣は空いてるが、座られたら窮屈だろう。常に肩を触れ合わせた状態で飲み食いする、なんてことになりそうだ。

カウンター内で店主が鶏を焼く。串をクルクルと素早くひっくり返すその様を眺める。焼台には二十本以上の串が載ってる。どれも同時に載せたわけじゃないはずだ。ひっくり返すタイミングはどうなってるのだろう。時間を見てなのか、焼け具合を見てなのか。それともテキトーなのか。俺ならテキトーにやりそうな気がする。

「兄さんはこの辺の人？」

何本もの串が次から次にひっくり返され、刷毛《はけ》みたいなやつで表面にタレが塗られる。やや遅れて、えっ？　と思う。兄さんて、俺？

視線を上げ、店主の顔を見る。店主は俺を見てない。やっぱ俺じゃないか。と思ったら、俺を見て言う。

「この辺の人？」

「あぁ。いや、この辺じゃないです」

「見ないもんな。初めてだよね？　ウチに来んの」

「そう、ですね」

「学生？」

「一応」

「一応って何よ」と店主は笑う。

「大学には、ほとんど行ってないんですよ」

「サボってんの？」

「そういうことでもなくて。行く必要がないというか」

「学校に行かなくていい学生なんていないだろ。いんの？」

「俺がまさにそれです。卒業に必要な単位はもう全部とってあるんですよ。あとは卒論だけで」

「論文？」

「はい」何故か自分から言う。「それを出せなくて、留年しちゃいました。だから今、大学五年生です」

「あらら。出せなかったってのは、間に合わなかったってこと？」

「はい。仕上げてはいたんですよ。でも寝坊して。起きたら提出の時間を過ぎてました」

「ほんとかよ。それで出せないんだ？」

「はい」

「仕上がってんのに」

「はい」

ひどいな、と来るかと思った。そう言ってもらえるかと。

ちがった。

「ま、そうだよな」と店主はあっさり言う。「それで大学が受けとっちゃマズいもんな。ウチみたいな店はお客さんがいれば閉店時間を延ばすけど、大学はそんなことできない」

卒論のことをよく知りはしないであろう焼鳥屋の店主でもやっぱそう思うんだな、と思う。

「で、兄さんは大学を留年して、こんなとこで酒を飲んでるわけだ」

「はい」

「東京の人ではあるの？」

「いえ。片見里から出てきました。今は足立区のアパートに住んでます」

たいていの人はここで、片見里ってどこ？と言ってくるもんだが、店主は言ってこない。

「へぇ。それで留年か。大変だな」

「そうですね。就職もダメになったんで、そっちもどうにかしなきゃいけないし」

「キツいね」

「キツいです」

「今いくつ？」

「二十二です」

「じゃ、だいじょうぶだ」

「だいじょうぶ、ですか?」

「だいじょうぶだろ。二十二なんて、一番がんばれる歳だ」

その言葉にちょっと笑う。二十二は、一番がんばれる歳なのか。

三本めのビールを頼む。店主がすぐに渡してくれたそれをコップに注ぎ、最初の一杯をまた四口で飲む。あ、そうだ、と思いだし、せっかくなので訊いてみる。

「あの」

「ん?」

「この辺に住む中林継男さんなんて、知らないですよね?」

「知ってるよ」

「え、マジですか?」

「マジだよ。ウチのお客さんだから。兄さんもナカさんのこと、知ってんの?」

「俺は知らないんですけど。今、捜してて。七十五歳ですか? 中林さん」

「そんくらいだね。兄さんと同じとこの出身。だからおれも知ってたの。片見里。ナカさんがそこの出だから」

「あぁ。そういうことですか」

「何でナカさんを捜してんの?」

「えーと、昔、ばあちゃんが知ってたみたいで。捜してほしいって言われて」

「ばあちゃんて、もしかして昔のカノジョ？」

「いえ、そういうことじゃないです」と言ってから思う。

ほんとにそういうことじゃないよね？　ばあちゃん。

そして店主に尋ねる。

「中林さんの連絡先って、わかりますか？」

「そういや電話番号とかは知らないな。まあ、知ってても、ほいほい教えちゃうわけにはいかないけど。ウチみたいな店だって、個人情報の管理はちゃんとしなきゃいけないから。兄さんはもしかしたら悪い人かもしんないし」

「いや、それは」

「うそ。悪い人には見えないよ。ヤケ酒を飲む大学五年生にしか見えない。ただ、ほんとに電話番号は知らない。いずれ店に来るからさ、そんときに話しとくよ。何なら兄さんの電話番号とか、預かっとくけど」

「あ、じゃあ」

イスの下に置いといたボディバッグからメモ紙とペンを取りだし、自分の名前とスマホの番号を書く。メモ紙を渡す。

店主がそれを見て言う。

「タブチ、えーと、カイヘイ？」

「はい」

「いい名前だ。ナカさんが来たら言っとくよ」

「お願いします」

俺はコップにビールを注ぎ、四口で飲む。すぐに次を注ぐ。

マジか、と思う。

見つかるわけないでしょ、のはずが。

見つかんのかよ。

五月　中林継男、罪悪感を覚える

もうこの歳になれば、そんなに腹は減らない。減らないし、食べればすぐいっぱいになる。食べたいとの欲求も、前ほどは起きない。

ご飯とインスタントみそ汁。おかずは納豆ともずく酢。そのぐらいでいい。肉はいらない。

魚もそんなにはいらない。食べたくなったときにスーパーで総菜の焼魚を買う。その程度でいい。

ご飯は炊いて冷凍保存しておく。一度に三合炊き、六個の容器に分けて冷凍する。だから一食は半合。電子レンジでチンし、その容器のまま食べる。ご飯茶碗一杯分。専用の容器なのだ。これはとても便利。

インスタントみそ汁は、最安値のものだと具がわかめの切れ端しか入っていないので、少し値段が高いものを選ぶ。具が多くて減塩タイプのものだ。血圧が高いわけではないが、用心するに越したことはない。

納豆ともずく酢は、それぞれ三パックのもの。納豆は昔から好きだ。今も毎日一パックは食べる。安いのに栄養価が高い。それ一つでご飯一杯食べられる。ありがたい。かつおのだしが利いた専用のタレもまた絶妙にうまい。もずく酢は、三杯酢とゆず酢と黒酢のものを順番に買い、微妙な味のちがいを楽しむ。というつもりでいるが、正直、よくわかってはいない。

おかずはその二品。たまに千景さんのたくあんが加わる。大家の風見千景さんが自分で漬けたたくあんだ。塩気が強すぎなくて、ちょうどいい。

おれは今日も納豆でご飯を食べる。うまいな、と思う。ご飯をうまいと思えているから今日もおれはだいじょうぶ。

食べ終えると、ご飯の容器とみそ汁のお椀を手早く洗い、納豆でネバつく唇を水ですすいで歯をみがく。

これから出かけるのだ。珍しく人と会う。次郎ではない。初めて会う相手。二十二歳だという。

一昨日《おととい》、『とりよし』に行ったら、店主の源吉さんに言われた。

「ナカさん、タブチって知ってる？」

元プロ野球選手の田淵幸一《たぶちこういち》のことだと思ったら、ちがった。源吉さんによれば、田淵ではなく田渕だという。大学五年生。一人で店に来て、おれのことを尋ねたらしい。

渡されたメモ紙には、田渕海平、とあった。

「片見里の田渕ハツコさんの孫の田渕海平、なんだと。知ってる？」

「いや、知らないな。向こうは知ってると言ったの？」

「そいつ自身はナカさんを知らないと言ってた」

「ハツコさんというのは、聞いたことがあるような」

「何だろうな。どうする？」

「一応、連絡してみるよ」

「気をつけてな。新手の詐欺かもしんないから。おれのせいでナカさんがそんなのに引っかかったら寝覚めが悪いしさ」

「おれはだいじょうぶだよ」

などと言っているやつが一番あぶない。この歳になったら過信は厳禁だ。

そしておれは実際に連絡した。『とりよし』から風見荘に戻ってすぐに。

電話はつながらなかった。午後九時前。時間が遅すぎたか、と思いつつ、留守電にメッセージを残した。簡潔に。中林です、どういったご用件でしょうか、と。

すぐに折り返しがかかってきた。すぐもすぐ。二分後だ。知らない番号から電話がかかってきたので出なかった、ということらしい。

「もしもし。田渕です」と相手は言った。確かに若そうな声だった。

知らない相手と電話であれこれ話すのも何なので、一度会える？　と自分から言った。いやだと言うならそこまでだ、と思って。

「あ、ぜひ。俺がそっちに行きますよ」と田渕海平は言った。「カフェでもどこでもいいんで、店は決めてもらえますか？」

おぐぎんざ商店街から少し入ったところにある喫茶『門《もん》』にした。

場所を説明しようとしたら、こう言われた。

「それはだいじょうぶです。自分で調べて行きます」

ということで、日時を決めた。明後日、つまり今日の午後三時だ。

おれは田渕海平のことを何も知らない。だから何も考えられない。

代わりに、田淵幸一のことを考えた。阪神《はんしん》タイガースから西武ライオンズに移り、引退後はダイエーホークスの監督もやった田淵だ。

片見里にいたころから、おれは巨人ファンだった。東京よりは名古屋《なごや》に近いので片見里には中日ファンもいたが、巨人ファンのほうが多かった。

おれが高校生のころに川上哲治《かわかみてつはる》が監督になり、長嶋茂雄《ながしましげお》の活躍もあって、巨人はいきなり日本一になった。おれが東京に出てからはずっと強かった。いわゆるV9時代だ。長嶋がいて、王《おう》がいて。ほかにも、堀内《ほりうち》や土井《どい》や柴田《しばた》や高田《たかだ》といったいい選手がいた。

なかでも、おれはやはり王貞治《さだはる》が好きだった。長嶋より王。王は別格だ。ホームランを打たない日がない。そんな印象があった。

だがライバルの阪神にいた田淵も好きだった。人として不器用そうなところに自分と通ずるものを感じた。

それについては、『がんばれ!! タブチくん!!』の影響も大きい。田淵をモデルにした漫画だ。アニメ映画にもなった。

おれはすでに三十代だったが、漫画も読んだし、映画も観た。観に行ったときのことを覚えてもいる。

学習教材の売上が落ちこみ、会社の業績が悪くなった時期だ。学習塾が一気に台頭した。受験年度でなくても、親が子を塾に通わせるようになった。そんな時期。

営業のおれもキツかった。塾に通うからいいです。塾の教材があるからいいです。行く先々でそんなことばかり言われた。門前払いを食らわされることも増えた。

初めて仕事をサボり、映画を観に行った。それが『がんばれ!! タブチくん!!』だ。

宣伝看板を見て、つい映画館に入ってしまった。タブチにヤスダにヒロオカ。笑わせてもらった。それで少し持ち直した。

その後、第二弾、第三弾もつくられた。おれはすべて観たはずだ。すべて会社をサボって観たかもしれない。一時的にでも会社が上向きになることは、もうなかったから。

苦々しいが懐かしい。まさか自分がこの歳で『がんばれ!! タブチくん!!』を思いだすことになるとは。

まあ、それはともかく。

風見荘から七分ほど歩き、おれは喫茶『門』に行った。『とりよし』同様、何度も行っている店だ。

そこには約束の五分前に着いた。午後二時五十五分。ドアを押し開けて入っていくと、すぐに言われた。

「ナカさん、いらっしゃい」

喫茶『門』のマスター、門前達弘《もんぜんたつひろ》さんだ。おれよりはずっと下。次の誕生日で還暦だと言っていたから、今、五十九歳。黒髪をオールバックにした、いかにも喫茶店のマスターらしい人だ。だがその髪、実は染めている。染めなければ真っ白なのだそうだ。二十代で白髪が増えたので、三十代からそうしているという。

ここで出すコーヒーは、ブレンドとアメリカンとカフェオレ。一種類だけストレートコーヒーも置いている。モカとか、キリマンジャロとか。それを、本日のコーヒー、として出す。本日の、と言っても、二、三週間は同じ。今月の、と言ってもいい。仕入れた豆をつかいきるまで出すのだ。それから次に切り替える。

一度、本日のコーヒーをブルーマウンテンにしたこともあるらしい。ただでさえブレンドより高い値段が、いつもの倍以上になった。一日二杯も出なかった。だからその一度でやめたという。

努力はしているが、しきれない店。そのゆるさがいい。

カウンター席が五つとテーブル席が六つ。テーブル席の二つは二人掛けだから、入れるのは最大でも二十五人。その二十五人が入ることはまずない。五人もいればいいほうだ。だが逆にゼロということもまずない。町の喫茶店として、重宝されてはいるのだ。

おれはカウンターの前に立ち、広くはない店内を見まわす。

お客は三人。二人組の女性と一人の男性。三人ともおそらくは六十代。二十二歳男性、の姿はない。

「今日はテーブル席でいいかな」とおれはカウンター内にいる門前さんに言う。「待ち合わせなんだよ」

「珍しい。もしかして、女性？」

「いや、男。でも若い。二十代」

「おぉ、そこまで。好きなとこに座って。注文は、来てからでいい？」

「うん」

窓際。通り沿い。四人掛けのテーブル席に座った。初めて会う相手と二人掛けはキツいな、と思ったのだ。門前さんがすぐにお冷やを持ってきてくれた。

約束の三時から五分が過ぎたところでドアが開き、若い男性が入ってきた。奥にいた三人のお客を見て、それから窓際のおれを見る。

「中林さん、ですか？」

「うん」

「田渕です。遅れてすいません。すぐわかるだろうと思ったら、道一本まちがえました。座っていいですか？」

「どうぞ」

田渕海平がおれの前に座る。前は前だが、正面ではない。ななめ前。

「まさかここでも遅刻するとは思わなかったです」

「ここでもというのは？」

「俺、大学でもやらかしてるんですよ、どデカい遅刻を。それが今のこれにつながってて」

「今のこれ？」

「この中林さん捜しです」

「あぁ」

「もう何か頼みました？」

「いや、まだ」

海平がテーブルの端に立てられていたメニューを見る。

「何か、昔の喫茶店て感じですね。カフェじゃなくて喫茶店。俺は、えーと、アイスコーヒーだな」

海平がカウンターのほうへ振り向いたときにはもう門前さんがすぐそこにいた。海平の前にお冷やを置く。

「すいません。俺はアイスコーヒーで」

「こっちはブレンドね」

「はい。アイスコーヒーとブレンド」門前さんはおれに言う。「お孫さん、じゃないですよね？」

「じゃないよ」と返す。

「びっくりしましたよ。隠し孫かと思った」

「隠し孫って何よ」と苦笑する。

門前さんはカウンターへと去っていく。

お冷やを一口飲んで、海平が言う。

「似てるんですかね、ウチら」

「似てないよ。じいさんそっくりの孫なんていないだろうし」

「ですよね。二十二歳と七十五歳が似てたらヤバいです」

「ヤバくはないと思うけど」そしておれは言う。「で、どういうことなんだろう」

「まずは中林さんが見つかってよかったです。絶対見つからないと思ってました。見つかるわけないんですよ。名前と歳と片見里出身てことと東尾久に住んでることしか知らないんだから」

「『とりよし』で聞いたんだ?」

「はい。別に訊こうと思って入ったわけでも何でもなくて。ほんと、たまたまです。二時間くらいこの辺を歩いて、疲れきって。もういいや、ビール飲んじゃえ、焼鳥食っちゃえ、となって。そんときもまだ店の人に訊く気なんてなかったんですよ。そしたら逆に、学生かって訊かれて。答えて。ちょっと話して。せっかくだから訊いてみようと。そしたら、知ってるよと。奇跡ですよね」

「初めの二時間は、何してたの?」

「歩いてました」

「それじゃ見つからないだろ。おれの顔は、知らなかったんだよね?」

「知らなかったです」

「じゃあ、見つかるわけないよ」

「そこは、まあ、偵察というか。町の空気を知ろうと思って」

五分ほど話したところで、門前さんがアイスコーヒーとブレンドコーヒーを運んでくる。グラスとカップをテーブルに置き、ごゆっくり、と去っていく。

海平がアイスコーヒーのグラスにポーションミルクを丸々一つ分入れる。ストローでかきまわすと思いきや、かきまわさない。ミルクがゆっくりと沈み、アイスコーヒーはグラスのなかで二層になる。

「いただきます」と海平はそれをそのまま飲む。

「ミルクを入れて、混ぜないの？」

「混ぜないです、このモヤモヤ〜ッてのが好きなんですよね。味がというよりは、それを見んのが好きなのかな。そう言ったら、何それって言われましたよ、カノジョに。もう別れちゃいましたけど」

こちらから訊くまでもない。いろいろ情報が出てくる。

おれもブレンドを一口飲む。いつもどおりブラックで。

「ミルクも入れないんですか？」と訊かれ、

「入れない」と答える。

「大人ですね」

「じいさんだよ。後期高齢者だ」

「あぁ。前期、終わったんですね。俺のばあちゃんもそうだけど」

「そのおばあちゃんが、おれを知ってたのか？」

「そうなんですよ。俺のばあちゃん、知ってますか？」

「田渕さんという人は、知らないな」

「中林さんといたころは田渕じゃないです。えーと、ばあちゃんの旧姓、何だっけな」

「知らないのかよ」

「母ちゃんのモリカワは知ってるけど、ばあちゃんの旧姓までは知らないですよ。名前はハツコです。初めての子で、初子」

『とりよし』の源吉さんに聞いた時点で、見当はついていた。いや。聞いたあとに思いだした。

「木暮《こぐれ》さんかな」

「あ、それだ。小さいじゃなく、木って書くほうの木暮。わかります？　ばあちゃん」

「わかるよ。木暮さん。小学校と中学校が同じだった」

「そう言ってました。ばあちゃんも」

「君も片見里に住んでる？」

「今は東京です。大学でこっちに出てきました」

「そうか」

さすがに大学五年生のことまでは訊かない。それはおれが知ることでもない。

「木暮さんが、おれを捜してくれと言ったの？」

「はい。ばあちゃんにしてみれば、俺に金をあげるためってことでもあったんだと思います」

「木暮さんはもう長くないとかじゃ、ないよな？」

「ないです。ばあちゃんはもうばあちゃんだからよくないとこもちょこちょこありますけど、ヤバいのはないです。総合病院で定期的に診てもらってますよ」

片見里総合病院。次郎の娘愛乃ちゃんが勤めているところだ。

「よかった。もう長くないから昔のことをあれこれ思いだしたのかと思った」

「中林さんは、ばあちゃんの初恋の人だったらしいですよ。手紙を出したって言ってました」

「手紙？」

「はい。小学校の玄関の下駄箱に入れたとか」

「覚えてないな」

「もしかしたら、誰かにとられたんですかね。タチの悪い男子とかに」

「タチの悪い男子、か」

「俺もどっちかと言えばそっちですけど。小学生だったら、手紙をとって、見ちゃったろうなぁ。中学生でも、見ちゃったかな」

「見たとしても、下駄箱に戻さないか？」

「あぁ。それはそうかも。ただ、そこに中林さんが来ちゃったら戻せないですよ。そうなったら、そのままにしちゃうんじゃないですかね」

小中学生なら、あり得る。見たら捨ててしまうかもしれない。悪気もなく。

「中林さんて、一人なんですか？」

「一人だよ」

「奥さんが亡くなったとか」

「いや。初めからいない」

「結婚しなかったんですか」

「しなかった。木暮さんは、したのか。田渕になったんだもんな」

「じいちゃんは十八年前に亡くなってますけどね」

「そうか。早かったんだな。で、木暮さんは、おれを捜してどうしろと？」

「どうしろとまでは。話したいみたいなことは言ってましたけど。中林さんは、ばあちゃんとほんとに何もなかったんですか？」

「ないよ。東京で会ったこともないし、片見里で会ったこともない。おれはもう十五年片見里に帰ってないからな」

「それは、何でですか？」

「家がないからだよ。墓もない。十五年前に帰って墓じまいをした。だからもう善徳寺の門徒でもない」

「昔は門徒だったんですか」

「そう。今の徳弥くんのことはよく知らないけど、親父さん、徳親さんのことは知ってるよ」

「ウチも門徒ですよ、善徳寺の」

「まあ、あの辺は多いしな」

「徳親さんが亡くなったときは、かなり驚きましたけどね。俺はまだ高校生で、帰りによく寄ってた駅前のエムザで亡くなったから」

「そうらしいな。徳親さんはいい人だった。息子は、どうだ？」

「一応、ちゃんとやってますよ。初めは徳弥さんで代わりが務まんのかと思ったけど、務まってます。かつてのなまぐさ合コン坊主も、今じゃ立派な僧侶ですよ」

「なまぐさ合コン坊主、なのか？」

「自分で言ってました。今はもう結婚してるから合コンとかは行ってないです。と、これも自分で言ってました」

「そういえば、木暮さん、おれが東尾久に住んでることは誰に聞いたって？」

「友だちの友だち、なんですかね。ホシザキさん、だったかな。そこから人づてに聞いたみたいです。で、中林さん。片見里に帰ってくることはないんですか？」

「帰る理由がないしな」

「ばあちゃんは、理由になんないですか」

「それでおれが帰るのは変だろ。木暮さんとは何もなかったわけだし。今も何もないわけだし」

「じゃあ、電話するっていうのはどうですか？」

「それも変だな。会って話す以上に変だ。お互い、顔も知らずに話すわけだから。おれは確かに東尾久に住んでて、じいさんなりに元気にやってると、そう言っといてくれ」

「もし帰るようなことがあったら、そんときはウチに寄ってください。ばあちゃん、喜ぶと思うから」

「わかった。そうするよ。まあ、帰ることはないけどな。君も、そっちにはいないんだろ？」

「こっちにいますからね」

「学生、なんだよな？」

「はい。まさかの大学五年生です」

「それ、『とりよし』の源吉さんも言ってたけど。何なんだ？」

「留年したんですよ、卒論を出せなくて」

「出せなかったっていうのは？」

「寝坊です。起きたときにはもうアウト。仕上げてたのに出せませんでした。二度寝の悪魔にやられて」

「就職は？」

「なしです。内定は取り消されました」

「何の会社？」

「運送です」

海平は社名も挙げた。大手だ。

「すごいな」

「と自分でも思ってたんですけど、最後に落とし穴が待ってました」

「で、どうするわけ？」

「今の四年生と一緒に来年三月に卒業することにしました。当然学費もかかるんで、親父にはムチャクチャ怒られましたよ。学費は出してもらうけど生活費は自分で稼ぐ。そういう約束です。バイトもしなきゃいけないけど、就活もしなきゃいけないんですよね」

「してるの？」

「してないです。すでに出遅れてます。まだやる気がしなくて」

「で、今こんなことを？」

「はい。暇つぶしになるかと思って」

「暇つぶしなのかよ」

「その暇つぶしが、一日で終わっちゃいました。もうちょっと引っぱれると思ってたんですけどね」


田渕海平とはそれで別れた。

会って話したことで、木暮初子のことを少し思いだした。話したその場では思いだせなかったことがあとでぽんと頭に浮かぶ。そんなこともあった。記憶力が衰えても、十代のころのことは案外覚えているものだ。

ただ、手紙に関しては、本当に覚えていなかった。もらったような気も、しないではない。小本磨子からもらったのなら、まちがいなく覚えていたはずだが。

と、そんな流れで、おれは結局磨子のことを考えた。片見里にいる木暮初子よりは東京にいる小本磨子。失礼だが、しかたがない。

磨子の家は裕福だった。が、おれの父同様、磨子の父親も戦争にとられた。そしておれの父とはちがい、生還できなかった。潮目が変わったところで、磨子は生まれたのだ。

それでも、遺された磨子の母親は磨子とともに片見里の大きな家に住みつづけ、磨子が高校に進むのを機にそこを売り払った。

高校はちがったので、磨子とは会わなくなった。そもそも、おれが密かに好意を抱いていただけ。関係は何もなかったのだから、どうともなりようがなかった。

大学進学のために東京に出て、その後働きだしたころに、磨子と再会した。それも偶然ではない。さすがにそんな偶然はない。磨子から電話が来たのだ。それもおそらくは次郎経由だったろう。女子の誰かを挟んでいたはずだから、経由の経由だが。

覚えてる？　と言われ、覚えてる、と返した。そのことを、はっきり覚えている。いきなり電話がかかってきて、驚きもしたので。

わたしも東京に出たの、と磨子は言った。大学進学のために出たのではなく、就職のために出たという。当時は会社の受付嬢のようなことをしていた。建設会社。かなり大きな会社だ。大手も大手。

中林くんも東京の大学に行ったことは聞いてたの。お茶でも飲みましょうよ。

磨子はそう言った。作造の葬儀で会ったときのように。

おれは磨子と会った。東京駅の近辺で会うことが多かった。時には銀座《ぎんざ》へも足を延ばした。日比谷《ひびや》公園にも行った。お茶を飲んだり、酒を飲んだりした。言ってしまえば、いい感じになりかけた。

付き合ってほしい、とおれは言った。いいよ、とあっさり言われた。付き合う、の意味がきちんと伝わっていないのではないかと思った。が、それでもよかった。

おれなりにいろいろ考えるようになった。いろいろ。結婚。

その言葉を出すところまではいかなかった。出そうとした矢先、縁談があるの、と言われた。良家からのとてもいい縁談。相手は、建設会社の取引先であった不動産会社の専務の息子。良家、とごまかしたが、実は覚えている。柴垣《しばがき》家。

磨子はその柴垣家へと去っていった。

おれは自信を持てなかった。相手より自分のほうが磨子を幸せにできると言いきれなかった。それ故、結婚という言葉を最後まで出せなかった。

結果を見れば、そこで引いたその選択は正しかったように思える。おれは磨子をさほど幸せにはできなかっただろう。四十を過ぎて職を失い、散々苦労をかけただろう。ただし。柴垣家の者たちのように、子ができないからといって磨子を手放すことはなかったはずだ。

おれは新聞の紙面から顔を上げる。

さっきからずっと文字を見ていただけ。読んではいなかった。最近はこうなることが多い。

今日は町屋図書館。風見荘を出て、首都大学東京のわきを歩き、隅田川の縁でしばし対岸を眺めて尾久の原公園へ。そこの遊歩道をブラブラしてから、ここに来た。

いつものように、まず新聞。うまい具合に、前の人が戻した今日の朝刊を手にすることができた。で、いくらも読まないうちにこの状態。

いかんいかん、と読むのを再開。社会面を見る。

DV被害者の女性の元夫に役所の職員が誤って現住所を教える。

コンビニに八十代男性が運転する車が突っこむ。

そして。

民家に強盗が押し入る。被害額はおよそ二百五十万円。二百万円の現金のほか、宝飾品の類を持ち去られる。

「二百万」とつい声が出る。

そんな現金を自宅に置いたらダメだろ。

もう一度記事を読む。この部分が目に留まる。

民家があるのは葛飾区お花茶屋。被害に遭ったのは八十三歳の女性。

背筋がひんやりした。そうなったことで、ようやく頭も働く。

牛島しのいさん？

八十三歳。しのいさんは自分でそう言っていた。おれを見て。八十三のわたしよりはずっとお若いでしょうし、と。

そして。現金二百万円。あのお金を、そのまま家に置いていたのではないだろうか。いや、あのときも急いで銀行で下ろしてきた感じではなかった。そのぐらいの現金はいつも置いているのかもしれない。

高齢者にはそんな人も多い。特に一人で暮らしている人。身近に現金を置いておかないと不安なのだ。いつ何があるかわからないから。

被害者は牛島しのいさん、と記事に書かれているわけではない。が、葛飾区お花茶屋は決して広くない。学習教材の営業でもポリ袋の営業でもまわっていたから知っている。葛飾区には八丁目九丁目まである町も存在するが、お花茶屋は確か三丁目までしかない。そのなかに八十三歳の女性は何人もいるだろう。いることはいるだろう。

単なる推測でしかない。だが妙な確信がある。

その押しこみ強盗は、見方によってはアポ電強盗。あの件とつながっているのだ。しのいさんから金を奪えなかった悪い連中が、ならばとちがう形で奪いに行ったのだ。金があることも家にはしのいさん一人しかいないことも知っているので。

あのときは失敗した。だが標的から外しはしなかった。あのあともいろいろ調べ、実行に踏みきった。そういうことかもしれない。

逃がさねえよ。

そんな声なき声がどこからともなく聞こえてくる。誰のかすらわからない声だ。

女性にケガはなかった、と書かれてはいる。

それはよかった。

だとしても脅されはしただろう。恐怖は感じただろう。刃物を突きつけられたりしていたら、心に傷が残るかもしれない。

参った。

もしこれが本当なら。おれのせいだ。


つまるところ、おれは次郎のことばかり考えていた。それはまた、自分のことばかり考えていたということでもある。

自分たちのことばかり考え、牛島しのいさんをないがしろにしていた。しのいさんが警察に言わないでくれたことを、幸運だと思っていた。

記事を見てから何日かは真剣に考えた。警察に行こうか。そうも思った。だがそれをしても意味がないことはすぐにわかった。被害者がしのいさんでない可能性もある。そしておれも次郎も、押しこみ強盗そのものとはまったく無関係なのだ。

そのことは次郎にも確認した。

牛島さん宅に押しこみ強盗が入ったことを次郎は知らなかった。電話でそれを伝えると、かなり驚いた。その驚きがうそだとは思えなかった。そんな演技ができる男ではないのだ。

次郎は不安げに言った。

「被害者はほんとに牛島さんで、加害者はほんとにあいつらなのかな」

「お前はどう思う?」

「わかんないけど。無関係ってことはなさそうだよな。あり得るよ。あれからそんなに経ってないし」

「次郎に連絡はないんだよな?」

「ないよ」

「あったとしても、もう断れよ」

「うん」

しのいさんはだいじょうぶなのか。訪ねて訊いてみたい気もした。だがそいつらの仕業かどうかはわからない。そこへおれがノコノコ出かけていったら、しのいさんだってわけがわからない。やはりおれが絡んでいるのだと思ってしまうかもしれない。

というわけで、牛島さん宅を訪ねるのはやめにした。

代わりに、おれはあることを思いついた。その件とはまったく無関係な、あること。牛島さん宅を訪ねること以上にバカげたこと、だ。

七十五歳。まさにいい歳をして、何かしたくなった。体の自由がもうそんなには利かないからこそ、動きたくなった。

久しぶりに片見里に帰り、田渕初子と会ってみる。そんな大それたことではない。大それたことではあるが、場所がもっと近い。北綾瀬だ。

そう。北綾瀬。

おれは風見荘から町屋駅まで歩き、東京メトロの千代田線に乗った。北綾瀬までは三駅、十分強。だが直接行ける電車は少ないので、わずか一駅のために綾瀬で乗り換えなければならない。

作造の葬儀で会ったときに連絡先の交換をしていた。電話番号だけかと思ったら、磨子はメモ紙に住所まで書いてくれた。それをもとに動いたのだ。

北綾瀬駅を出て、環七《かんなな》通りを渡る。東京メトロの車両基地に沿ってずっと歩いた。それが終わったところで右に曲がり、さらに何度か右左折。

駅からは二十分ぐらい歩くと磨子は言っていたが、まさにそのとおり。目指すアパートはごみごみした一画にあった。通りに面してはおらず、どう行けばいいかわからなかったので、結局ブロックをひとまわりし、細い路地を入った先にやっと見つけた。

築三十五年の風見荘よりもずっと古びたアパート、コーポ志々目《しじめ》。風見荘よりも由来はわかりやすい。まさに大家が志々目さんなのだろう。

メモ紙に書かれたそのアパート名を見たときに、まず思った。磨子が住むアパートらしくないなと。今、実際に見て、その思いはさらに強まった。

建物はくすんだ白。灰色と言ってもいい。階段は錆びて赤茶けている。鉄骨を組み合わせただけにも見える。

昔、磨子が片見里で住んでいた家。広い敷地に建てられた、大きな洋館のようなあの家。それとの落差はあまりにも激しい。

小本磨子が、こんなところに住んでいるのか。

そう思った。思ってしまった。

自分がひどく愚かなことをした気になった。

一度、磨子と電話で話してはいた。簡単なあいさつをした程度。あくまでも儀礼的に連絡しただけだ。今度行くと伝えたわけではない。来てと言われたわけでもない。それなのに、来てしまった。

別に意味はないのだ。ただどんな町に住んでいるのかと思っただけ。アパートを見たかったのではなく、町を見たかっただけ。

とはいえ。こんなのをストーカーと言うのかもしれない。後期高齢者のストーカー。新聞でそんな記事を読んだことがあるようなないような。

もちろん、おれ自身にそんな意図はない。アパートを訪ねてみてもいいと思ってはいた。上がりこむとかそういうことではなく。近くの喫茶店でまたお茶を飲むぐらいはいいだろう、と。

だがここまで来て、あぁ、これはよくないな、と思ってしまった。アパートを見られたことを磨子がいやがるのではないかな、と。大して考えずに動いてしまった自分をひどくいやなやつと感じた。

来たことを悟られたくない。来たうえで引き返したことも悟られたくない。

今この瞬間、磨子が部屋から出てこないとも限らない。買物から帰ってこないとも限らない。

おれは振り返り、来た道を戻った。七十五歳にしては速足で。

六月　田渕海平、迷う

とりあえず、バイトに復帰した。

ファミレスの宅配のバイトだ。風防が付いたバイクで配達するあれ。バイクといっても三輪だから安全性は高い。原チャリ免許で乗れる。配達用のスマホアプリが備えられてるので、地図を覚える必要もない。暑い寒いはあるが、慣れればそう大変でもない。最近は子持ちの女性たちも多い。

俺がいるのは、アパートから近い王子神谷の店だ。そこへの復帰自体が二度め。

バイトは大学二年のときに始め、就活前、三年の二月までやった。で、運送会社から内定をもらったあとに復帰し、卒論を書きはじめる前、四年の十二月までやった。春休みの二ヵ月はまたやらせてもらうつもりでいたが、さすがに一連のゴタゴタでそれはなしになった。

そんな流れでの、二度めの復帰だ。意図しない形での復帰。まさかの大学五年、その六月から。

復帰すること自体に抵抗はなかった。店長を知ってるから頼みやすかったし、バイトにはもうそんなに知り合いはいないのだ。デリバリーはホールなんかとちがって一人でやる仕事だから、バイト同士がそこまで親しくもならない。

就活をしなきゃいけないことはわかってる。でも。何を選べばいいかがわからない。何を選んでもまちがいであるような気がしてしまう。

まあ、バイトをする気になっただけでも進歩だよな。後ろ向きに歩いてるけど、前に進んではいるよな。

と、そんなことを考え、俺は今日も宅配の仕事をこなす。

宅配できる最低金額は税込み千五百円。それ以上は頼んでもらわなきゃいけない。家族ならともかく、一人で頼むなら結構な額だ。それでも注文は来る。みんな金持ってんなぁ、と思う。

いよいよ梅雨入り宣言が出されたらしい。梅雨、ダリィ〜、とグチりながら、俺は配達先に向かう。雨が降ると外に出るのが億劫になるので、宅配の注文が増えるのだ。

配達先はアパート。俺が住むスタイルズ新田みたいな学生向けっぽいワンルーム。ただし、築浅《ちくあさ》らしく、かなりきれい。オートロックも付いてる。家賃が八万はしそうだ。

インタホンで到着を告げてロックを解いてもらい、なかに入る。五階建ての二階。階段を上り、部屋の前へ。

ドアのわきにあるインタホンのボタンを押す。ウィンウォーン。

「はい」

「着きました」

ドアが開く。顔を出すのは二十歳くらいの男だ。髪は短めのツーブロック。こじゃれた縁なしメガネをかけてる。大学二、三年生っぽい。

ワンルームなので、玄関からなかが見える。そこにはあと三人いる。男一、女二。計四人。みんなで集まってご飯、ということらしい。

「どうも。待ってました」とツーブロックが明るく言う。

先に言っちゃうなよ、と思いつつ、俺も言う。

「お待たせしました」

メニューにはパーティー用のおかずプレートもあるが、注文されたのはそれじゃない。単品。ミックスグリルにヒレカツ。ピザにスパゲティにフライドポテト。どうりで数が多かったわけだ。

イエ〜イ到着、だの、お腹ペコペコ、だのの声がかかり、うるせえなぁ、学生、と思いつつ、お金を頂く。一万円を受けとり、お釣りの五千四十円を返す。

「ごくろうさま」とツーブロック。

なかの三人も、どうもで～す、いただきま～す、ごちで～す、と続く。

あのなぁ、と言いたくなる。ごくろうさまを歳上につかうなよ、と。実際に言うのはこうだ。

「ありがとうございました～。またお願いしま～す」

通路を歩き、階段を下りながら考える。

ごくろうさま、は目上の相手に言っちゃいけない言葉だ。あいつら、まだ就活を経験してないからそれがわかってないんだな。

俺は叶穂に言われた。会社の人事の人にごくろうさまですって、それ、絶対ダメだからね。言っちゃったのだ、就活初期のころに。だからなのか、その会社は一次面接で落ちた。大手飲料会社。かなり行きたかったとこなのに。

それからは気をつけた。お世話になります、と、ありがとうございます、のつかい分けでどうにか乗りきった。

でもさっきの場合、俺が店員で向こうがお客だよな。ということは、歳下でも、やっぱ目上は向こうなのか？　あの場でのごくろうさまは、ありなのか？

もう何だかよくわからない。二重敬語とか、マジでめんどくさい。敬意のダブル、いいことじゃん。と思ってしまう。

雨が降りだしたので、制限速度の範囲でダッシュ。

店に戻ると、同じバイトの糸井《いとい》才奈《さいな》がいた。

「おつかれ」と言い、

「雨、どう？」と訊かれる。

「どうにか逃げきったよ。カッパは着なかった」

「逃げきれてないよ。結構濡れてんじゃん」

「次は着なきゃダメだな」

「注文、増えちゃうね」

「傘を差してでも外食へ、みたいな気合がほしいよな」

「そこで当てにされるからわたしたちの給料が出るんだよ」

「ファミレスの宅配ってさ、俺らが小学生のころはなかったよな」

「あったんじゃない？」

「ウチなんて田舎だから、今でもないよ」

「どこだっけ」

「片見里」

「あぁ」

才奈は数少ない顔見知りの同僚だ。もうベテラン。大学二年のときからずっとやってる。俺より二ヵ月くらい前に入ったから、同い歳だが先輩だ。大学を卒業した今もこのバイトをしてる。

といっても、俺とは事情がちがう。会社に入れなかったわけじゃない。入らなかった。初めから就活をしなかったのだ。役者として芝居をやっていくつもりだから。

大学は同じ。才奈は文学部の英文科。シェイクスピアを学んでおこうと思ったという。『ロミオとジュリエット』の人だ。

でも才奈はあんまり学校に行かなかった。劇団の活動とバイトで忙しかったからだ。それでもどうにか単位をとり、四年で卒業した。五年生にはならなかった。

卒業はしろ、と親に言われたわけじゃない。まず、相談をしてないのだ。四年になって初めて、わたし就職はしないから、と言ったらしい。すごい。

才奈も王子神谷に住んでる。北区神谷だ。俺よりはもうちょっといいアパートにいる。といっても、バスタブはある、という程度のよさだけど。

今はそのアパートだが、金が貯まったら稽古場の近くに移るつもりでいる。そのために、大学を出た四月からはバイトを掛けもちしてる。もう一つは、ハートマートの王子店。午前八時から午後一時までがそっちで、夕方からはこっち。劇団の稽古の予定次第で、どっちかを減らす。

稽古場があるのは杉並《すぎなみ》区。北区よりはアパートの家賃も高いはず。引っ越し費用もかかる。そこまで貯めるのは大変だろう。普段の生活費だってある。

才奈は仕送りをもらってない。大学時代は少しもらってたみたいだが、それでも五万くらい。卒業した今はゼロだ。いらないと自分で言ったらしい。その代わりやりたいようにやると宣言したのだ。やっぱすごい。何がすごいって、そこまでやりたいことがあるのがすごい。

初め、才奈は大学の演劇サークルに入ったが、すぐにやめた。本人曰く、ヌルかったからだ。で、オーディションを受け、劇団『東京フルボッコ』に入った。

といっても、そこは小劇団。オーディションも大仰なものではなかったらしい。団員は随時募集。オーディションも随時開催。でも主宰者に認められなきゃ入れない。ドラマなんかにそこそこ出てる女優の井原絹《いはらきぬ》も一時期在籍したという。

才奈によれば。楽な世界ではない。まず、劇団は儲からない。小劇団だとギャラさえ出ない。多くが団員の自己負担になるという。

でもやんの？　俺がそう訊いたら、才奈はこう答えた。でもやんのよ。

やっぱすごいとしか言いようがない。ばあちゃんに人捜しを頼まれ、見つかる前から十万もらったなんて、とても言えない。

「海平、就活してんの？」と才奈に訊かれ、

「してない」と答える。

「じゃあ、その分、時間はあるわけね」

「何？」

「チケット買って。また芝居があんの」

「いつ？」

「六月の終わり」

「近いじゃん。バイトしててだいじょうぶなの？」

「今日は稽古休み。就活してるなら言うのやめようと思ったけど。どう？」

「いいよ。買う」

「ほんとに？」

「ほんとだよ。前回も買ったじゃん」

「来ないならいいよ、買わなくても」

「行くよ。前回も行ったじゃん」

「買ってはくれるけど来ないって人も結構いんのよ。カンパのつもりなんだろうけど。それだと、ほら、たかりになっちゃうから」

「俺は行くよ。具体的に、いつ？」

「たぶん、二十八、二十九、三十。金、土、日」

「混むけど、どこかはだいじょうぶ。やっぱ土日のほうが混む？」

「混むけど、大したことないよ。ただ、店長に、土日はこっちに入ってくれって言われるんじゃない？　わたしが休みになってるから」

「あぁ。そうかも。じゃ、金曜でいいよ。いくら？」

「二千円。でも千五百円でいい。学割を適用する」

「もう五年生だからいいよ」

「五年生でも学生は学生でしょ」

「払うよ、二千円」と言い、財布から千円札を二枚出して渡す。

残りは三千円。ヤバい。復帰したばかりだから、バイトの給料はまだ先。もう手をつけないと誓ったばあちゃん貯金にまた手をつけることになりそうだ。

「チケットはあとで渡すね」

「うん。あ、場所は？」

「前と同じ。新宿御苑前《しんじゅくぎょえんまえ》。あのちっちゃい劇場」

「金曜なら夜だよね？」

「そう。十九時開演」

「タイトルは？」

「『東京エキストラ』」

「また東京だ」

「ウチは全部そうだから」

「そうだった。今回は、いい役？」

「うーん。六人中の五番手かな」

「おぉ。ワンランクアップじゃん」

前回は、七人中の七番手だったのだ。

「主役に近ければいいってもんじゃないけどね」

「そうなんだ」

「でも小劇団で主役になれないようなら先はないっていうのも事実。何にしても。ちょうどよかったよ。海平、ナイス復帰！」

「別にチケットを買うために復帰したわけじゃないよ」

と言いつつ、買ってしまった。このバイトに復帰したのも、結局、才奈がいるからかもしれない。才奈と話してると、何か楽なのだ。俺と同じ立場だし。

いや。同じ立場なんて言っちゃいけない。俺と同じ立場のやつなんて、そうはいないはずなのだ。

自分でも思う。

俺と同じ二十二歳がわんさといたら、日本はちょっとヤバい。二度寝で就職をフイにする二十二歳は、そんなにいちゃいけない。

バイトとはいえ自分も働くようになったことで、気持ちにちょっと余裕が出た。いや、余裕とまではいかない。余白程度。

その余白の時間をつかって、俺は久しぶりに仁太と会った。大学の同期生、別府仁太だ。学部も同じ。カノジョの叶穂を別にすれば、一番仲がよかった友だち。

仁太は俺が留年したことを知ってる。叶穂より先に言ったのだ。でもしばらく会ってはいなかった。俺は当然卒業式に出なかったし、大学に行く用事もそうはなかったから。

ＬＩＮＥで連絡をとり合ってはいたが、それも最近はご無沙汰。俺からはメッセージを送らないようにしてた。新入社員はあれこれ大変だろうと遠慮したのだ。

ただ、もう六月。ゴールデンウィークが終わって一ヵ月以上が過ぎてる。メッセージを送ってみた。

〈五月病、治った？〉

〈なる前提？〉という返事が来た。

〈俺ならまちがいなくなると思って〉

〈海平ならまちがいなくならないよ〉

〈どう？　仕事〉

〈普通〉

〈普通とは？〉

〈ありかなしかで言えばギリあり〉

　仕事は必ずしも土日が休みではないというので、休みの平日に仁太の家を訪ねることにした。翌日は仕事だから泊まりはしない。夕方訪ねるだけ。外で会うよりはそのほうがいいと仁太自身が言った。出不精《でぶしょう》なのだ、仁太は。

　実際、デブとまではいかないが、太り気味でもある。ぽっちゃりくんだと自分では言ってる。

大学時代も何度か訪ねたが、仁太はすごいとこに住んでる。千代田区一番町。英国大使館のすぐ近くだ。その向こうはもう皇居。しかも仁太の家はアパートやマンションじゃない。一戸建て。借家でもない。持ち家だ。

そう言うとお屋敷を想像してしまうかもしれないが。それでもない。マンションなんかに挟まれてぽつんとある平屋だ。

敷地は狭い。家自体も小さく、古い。甲子園《こうしえん》球場みたいに蔦が這ってる。そこだけは昭和の匂いがする。平成ですらない。まったく知らない俺にでもはっきりとわかる、昭和。

そもそもはじいちゃんの家らしい。じいちゃんが亡くなったあとも、ばあちゃんが一人で住んでた。そのばあちゃんは今、入院中。というか、入退院をくり返し中。仁太によれば、この家に帰ってくることは、たぶん、ない。このあと退院しても、どこかの施設に入ることになるという。

場所はムチャクチャいいが、土地そのものは広くないので、増築するにしても限度がある。とりあえず空家にはしておきたくないということで、三年前から仁太が住んでる。仁太の両親が住むのは港《みなと》区のマンション。別府家は金持ちなのだ。仁太自身は、小金持ちだと言ってる。

王子神谷からだと、永田《ながた》町で南北線から半蔵門《はんぞうもん》線に乗り換えて半蔵門へ、という行き方になるが、大まわりになるので、乗り換え前に市ケ谷《いちがや》で降り、そこからは歩いた。

その辺りは、やっぱ独特な感じがある。何というか、ざわつきがないのだ。マンションは多いが生活臭はない。瀟洒《しょうしゃ》、という検索しなきゃ書けない漢字がぴったり来る。それでいて変にセレブ気どりがないのがいい。

で、そこを歩いてきて、いきなり昭和の平屋。そのギャップがすごい。

一応、間取りは3DK。すべてが和室で、一つは四畳半。

これ、和風ホテルにリフォームしたら客入んじゃないの？　前にそう言ったら、仁太はこう言った。おれもそう思うけど、この一軒のために管理人を置くわけにもいかないし。置くなら置くで居場所がないよ。

居間としてつかってる和室には、真ん丸なちゃぶ台がある。ついひっくり返したくなるあれ。でもそこには多少演出も入ってる。それっぽいやつをあとから仁太が買ったのだ。前のはガタが来たからと、ばあちゃんにプレゼントしたらしい。だから、アンティークに見えるが、脚は折りたたみ式だ。座布団も、それに合わせた和柄。

仁太と二人、ちゃぶ台を挟んで座布団に座り、ビールを飲む。東尾久の『とりよし』同様、瓶ビールが似合いそうな空間だが、さすがに缶。途中のコンビニで俺が手みやげに買ってきた。瀟洒な一番町にもコンビニはあるから。

　まずは乾杯。それぞれの缶を、ノン、と当てる。ビールを飲み、同じく俺がつまみにと買ってきたガーリックバターしょうゆ味のポテチとえんどう豆のスナックを食べる。ポテチは俺、えんどう豆スナックは仁太の好みだ。

「すぐそこに英国大使がいると思うと緊張すんなぁ」と俺が言い、

「それ毎回言うけど、しないでしょ」と仁太が言う。

「しないけど、何か不思議な気分にはなるよな」

「慣れるよ。家は家だし」

　確かに。家は家だ。片見里の実家も足立区新田のスタイルズ新田も、家は家。

「で、仕事はどう？」とあらためて尋ねる。「ギリありって言ってたけど」

「まさにそれ。どうってことはないよ。驚きはない。思ってたとおりかな。それなりに大変だし、がんばってはいるけど」

「がんばらないと、無理？」

「新入社員の今はね。何年かすれば慣れるでしょ。でもそしたら別の何かが出てくるかな。先輩とか見てるとそう思うよ。余力はあるけど、楽をしてるようには見えない」

　仁太はゲーム制作会社に勤めてる。といっても、プランナーやデザイナーではない。

「今は営業なんだよね？」

「そう。初めは営業。総合職のやつはほぼ全員そう」

「具体的に、何すんの？」

「ソフトを販売店に売る」

「売る」

「といっても、海平がやってたみたいにソフトを中古屋に売るとかじゃなくて。新製品を売りこむ。要するに場所とりだよね。プレゼンして、売場の棚をなるべく多く確保する」

「あぁ。大変そうだな」

「楽ではないよ。売りこむためには、製品のことを何でも知らなきゃいけないから。訊かれたことに答えられなかったら信用されないしね。自分の好きなゲームのことなら答えられるっていうんじゃダメ。だから新製品は全部自分で試す」

「ゲームをすることが仕事になるんだ」

「勤務時間中にゲームをするわけじゃないけどね。苦にはならないよ。ゲームはゲームだし、好きで入ったから」

好きなことを仕事にするのはいい。でもそうしたせいで好きなことが嫌いになったらキツい。その程度で嫌いになる好きはダメ、ということなのか。

「ちゃんとやってるんだ、仕事」

「普通はやるよね。それで金もらうんだし。そこはバイトも同じでしょ」

「そう、だな」

「デリバリーのバイトなのに届けないとか、しないでしょ？」

「それはしないよ」

「届ける料理のつまみ食いも、しないよね？」

「しないよ。それはもう完全にバイトテロじゃん」

「海平、しそう」

「しねえよ。って、何、俺、そんなふうに見られてんの？」

見てるやつもいたかもな、と思う。俺が卒論を出せずに留年したと聞いて、やっぱり、と思ったやつはかなりいただろう。もしかしたら叶穂を筆頭に。

「で、海平、就活は？」

「してない」

「マジか」

「何か、出遅れた」

「どうすんの？」

「どうしよう」

「そのファミレスで正社員にしてもらう、とかは？」

「うーん。できんのかなぁ」

「二度も復帰してるなら、可能性はあるんじゃん？」

「二度復帰してるってことは、二度辞めてるってことだからな」

「二度も復帰を許されてるってことは、信頼されてるってことでもあるよ」

「すげえ。ほめられた」

「ほめてはいないよ」

「いないのかよ。って、まあ、ほめられねえか。卒論出せなくて内定取り消されたやつを」

「それは、意識しなくていいんじゃないの？」

「いや、するだろ。さすがに」

「もう変えられないし」

それには、うぐっとなる。

「どうあがいても無理。過去は変えられない。でもそれだけのことじゃん。一年浪人したのと同じじゃん」

「同じか？」

「だって、来年卒でも新卒扱いにはなるわけでしょ？　だったら、マイナスは何もないとも言えるじゃん」

「留年はマイナスじゃね？」

「そうかな。おれが採用担当者なら何とも思わないけどね。これが例えば二浪一留とかだったら、何してんのよって思うけど」

「二度寝で留年、は？」

「うーん。ちょっと思うか」

「思うんじゃん」

「でも、ツイてないやつだなっていう同情のほうが大きいかも。これからは気をつけるでしょ、とも思うだろうし」

「そんな好意的な担当者ばっかならいいけどな」

「あとは海平のアピール次第でしょ。留年だけが理由で落とすってことも、たぶん、ないだろうし。もったいないじゃん、それでいい人を落としちゃったら」

「仁太、口うまいな。いずれ人事課長になれんじゃね？」

「ゲーム制作会社で人事課長。いいんだか悪いんだかわかんないよ。でもおもしろそうではあるか。クリエイター系の応募者とか、すごいのが来そうだし」

「二度寝留年を三度しました、とか？」

「そうそう」

「そうそう、じゃねえよ」と言って、ビールを飲む。

何やってんだろうなぁ、と思いつつ、ちょっとほっとする。叶穂には見放されたが、仁太にはまだ見放されてないことに。

ポテチを食べ、尋ねる。

「仁太はさ、ずっとここに住むの？」

「どうだろう。固定資産税がムチャクチャ高いらしいしね。それでも親は手放したくないみたいだけど。やっぱ場所はいいから」

「凄まじくいいもんな。天皇陛下と英国大使がお隣さん、みたいなもんだし」

「でも、だから土地に縛られちゃうっていうのもなぁ」

東京で生まれた人は、東京から出ていかない。山手線環内に土地を持ってたら、誰だってそうなるだろう。そこを死守したくなる。子や孫にまで死守させたくなるかもしれない。片見里に実家がある俺とは感覚がちがうはずだ。いや、でも。地元に愛着を持つという、根本は同じなのか。

ふと、片見里の小学校に来た転校生のことを思いだす。

友だち、という前にまず転校生。同じクラスにいたのは三ヵ月くらい。他県から転校してきて、他県へと転校していった。

警察や借金とりから逃げまわってたとか、そういうんじゃない。親がサーカスの団員だったのだ。父親と母親のどちらもが。確か、父親は動物の調教をする人で、母親は綱渡りか何かの曲芸をやる人だった。

俺が小六のときに、そのサーカス団が片見里に来た。県庁がある市じゃなく、隣の隣の片見里市。県庁のほうには大きなテントを設置できるいい場所がない。片見里ならそちらからもお客を呼べる。と、そんな判断だったらしい。

サーカス団は一つの町で三ヵ月くらい公演し、次の町へ移っていく。団員は旅暮らし。子どもは転校をくり返すことになる。単純計算で、小学校だけでも二十回以上。その終盤の一回として、片見里の小学校にも来たのだ。

名前は石毛駿司《いしげしゅんじ》。いたのは三ヵ月だが、そんな事情なのではっきり覚えてる。話もいろいろ聞いた。

三ヵ月いるその町で団員がアパートを借りたりすることはない。テントに併設するコンテナみたいなとこで暮らす。団員とその家族みんなで共同生活をするのだ。コンテナは内部で仕切られてる。一人部屋や家族部屋があったりするという。今ならとても無理だと思うが、小学生のときは憧れた。楽しそうだと思った。さすがに三ヵ月で転校はキツいとも思ったけど。

そんな暮らしに慣れてたからか、駿司は俺らとちがってた。どう言えばいいだろう。人との距離のとり方がちがうのだ。気さくは気さく。誰とでも話す。でもそんなには近づかない。次の転校が見えてるからだろう。たぶん、自然とそうなってしまうのだ。

俺らのほうにもどこか遠慮があった。サーカスを見せてくれとか、家を見せてくれとか。言いはしたが、実際にそうさせてもらうことはなかった。

いたのは小六の一学期だけ。四月に来たのに、七月にはもうクラスでお別れ会をやった。

石毛は夏休みの宿題とかどうすんの？　と俺は訊いた。次の学校で出すよ、と駿司は答えた。といっても、全部はやんないけどね。習字とか読書感想文とかだけ。自由研究なんかは出さない。前の学校ではグループでやることになってたから、とか言ってごまかすよ。

ちょっとうらやましかった。自由研究をやんなくていいなら俺もサーカス団員の息子になりたい。そんなことを思った。

母親譲りなのか、駿司は運動神経がよかった。足が速いとかじゃない。バランス感覚が優れてた。そして度胸があった。

片見里には片見川が流れてる。その支流みたいなとこに、川幅が四、五メートルくらいの場所がある。

善徳寺の徳弥さんが、昔、長い棒をつかい、向こう岸へと川を跳び越えたそうだ。棒高跳びというよりは、棒幅跳び。小中学生のころから何度も試し、高校生のときにやっと跳べたという。

それを聞いたのが、そのころ。あぶないからお前らは絶対やんなよ、という意味で徳弥さんは言ったわけだが。片見里のアウトドアキッズ、野外少年たちにその意味は伝わらなかった。俺らにしてみれば、やってみろ、と言われたも同じ。

根木充久《ねぎみつひさ》や松尾春人《まつおはると》と川辺で遊んだときに思いだし、俺はその話をした。そこに、駿司もいたのだ。

そんなふうに何人かで遊ぶことはよくあった。自分から遊ぼうと言ってくることはなかったが、こっちから遊ぼうと言えば駿司はついてきた。

こんなの跳べるわけないじゃん、と充久が言い、絶対川に落ちるじゃん、と春人が言った。底が浅いから、下手すりゃ骨折だよな、と俺も言った。

いつもはそんなにしゃべらない駿司が、珍しく自分から言った。おれ、跳べるかな。

俺らは口々に言った。無理だろ。無理、無理。絶対跳べないよ。

駿司は言った。いや、跳べるかも。

運よくというか運悪くというか、近くに工事現場があり、長い鉄パイプみたいなのが何本も置かれてた。マズいよ、と言う充久をなだめて俺がそれを拝借し、駿司に渡した。

跳べ、と命令したわけじゃない。そんなことではまったくない。やるならほら、と渡しただけだ。

駿司はためらわなかった。助走距離をとるとすぐに走りだし、川の真ん中に棒を突き立てた。そして勢いのままその棒に身を預け、きれいな半円を描いて向こう岸へと着地した。その際、地面に転がりはしたが、それはわざと。着地の衝撃を和らげるためだった。

あっという間の出来事。見てる俺らは、うわわわわわわ、と言ってた。駿司の着地を見届けて、うぅぅぅぅぅ、すげっ！　となった。石毛、天才じゃん！　さすがサーカス！　さすが息子！

向こう岸からまた同じことをやって、駿司は俺らのもとへ戻ってきた。ケロッとした顔で俺に棒を返して言った。やれるもんだね。無理かと思ったけど。

無理だと思ったらやんないだろ。俺がそう言うと、駿司はこう言った。無理だと思ったのにやれると、ほんとにうれしいんだよ。

初めて同い歳のやつをカッコいいと思った。足は俺のほうが速いけどこいつ俺より上、とはっきり認めた。

あの石毛駿司は、今どこで何をしてるのか。

次の誕生日で二十三歳。順調に行けば大学を出てる歳。まだサーカス団と一緒にいることはないだろう。どこかに落ちついてはいるはずだ。

もしかしたら、東京のどこかにいたりするのか。それとも、俺で言う片見里みたいな実家がどこかにはあって、そこで暮らしてるのか。

土地に縛られなかったあの駿司でも、やっぱいつかは縛られるのかな。

何であれ。生まれた環境に人が左右されることはまちがいない。

ビールを一口飲んで、俺は仁太に言う。

「マジで静かだな。ここ、東京？」


二十八日、金曜日。劇団『東京フルボッコ』の『東京エキストラ』を観に行った。

バイトはうまく休みがとれた。土日は入りますから、と言ったら、店長はすんなり許可してくれた。

久しぶりの新宿。といっても、御苑前。中心からは外れたとこにある小劇場だ。

前に才奈から聞いた。劇団『東京フルボッコ』の芝居のタイトルには必ず東京が付く。東京の片隅で起こるとりとめのないことを描く、が劇団のコンセプトなのだ。何も生まれない日常。でもあとで振り返ればちょっと揺すられる何かが確実に起きてたのだと思える日常。

それを見せる。

『東京エキストラ』は、映画やテレビドラマのエキストラの話、ではない。もっと広い場所での、もっと漠然としたエキストラ。言ってみれば、社会のなか、東京という街のなかでのエキストラだ。会社では重要なプロジェクトから外されて雑用仕事を押しつけられ、披露宴の二次会や合コンでは数合わせ要員として呼ばれる。そんな人の話。

自分で言ってたとおり、才奈は六人中の五番手。脇役。主役を数合わせ要員として呼んだ合コンで、あの彼は自分たちが狙うからあんたは狙うなと指示する女の役だ。

主役は、才奈より一歳上の水上一葉《みずかみいちは》さんという女優。すごくきれいな人だ。才奈は才奈できれいだが、タイプがちがう。清楚系、と呼ばれそうな感じ。

四ヵ月前の二月にも、劇団『東京フルボッコ』は芝居をやったという。『東京サムゲタン』。東京のシェアハウスに住む韓国人留学生の話だ。

才奈はそれに出なかった。出演者の五人に選ばれなかったのだ。二作続けて出ることもあまりないらしいが、水上一葉さんは出た。期待されてるのだ。

その『東京サムゲタン』には、俺も呼ばれなかった。バイトにいなかったからだ。呼ばれても、観には行かなかったかもしれない。内定取り消しショックでムチャクチャ落ちこんでたはずだから。

俺が観た才奈出演の芝居は、去年の九月にやった『東京アルデンテ』。何年か前にやったやつの再演らしい。かなり好評だったので、脚本に手を加えてもう一度やった。出演者は当初の六人から七人に増えた。そこで七番手の役をやったのが才奈だ。

『東京アルデンテ』は、東京のイタリア料理店を舞台にした話。スパゲティの茹で加減に難癖をつける男性客のカノジョ。に逆ギレするウェイトレス。が才奈。

難癖をつける男性客にじゃなく、それを抑えようとしたカノジョに逆ギレするとこがおもしろかった。順ギレなのか逆ギレなのかわからない。何でキレてるのかもわからない。わからなさの度合が絶妙だった。

そのときもそんな役で、今回もこんな役。いやな女。

才奈はそれをうまくこなしてた。合コンに呼んどいて、何もすんな、楽しむな、と命令する。本当にいやな女に見えた。え～、マジかよ、才奈。と若干引いた。それくらい強烈だった。

出番は多くなかった。一時間半の上演中、舞台にいたのは二十分くらい。でも残すべきものは残した。そんなふうに見えた。

案外グッと来た。七人中の七番手から、六人中の五番手へ。ランクアップはしてるのだ。次は三番手くらいにいるかもしれない。いずれ主役にだって、なるかもしれない。

『東京エキストラ』って、つまりそんなようなことなのだ。と俺は勝手に解釈した。去年、『東京アルデンテ』のチケットを買ってほしいと言われたときは、正直、ちょっとめんどくせえなぁ、と思った。どうせ何か小難しいのをやるんでしょ？　と。だから、当時はまだカノジョだった叶穂を誘いもしなかった。

観てみたら、ちっとも小難しくなかった。劇団『東京フルボッコ』の芝居はわかりやすかった。テレビドラマを観るみたいに気楽に観てられた。だから今回もすんなりチケットを買う気になったのだ。むしろ観たいと思って。

『東京エキストラ』で一番響いたのは、話の本筋とはあまり関係ないとこで出たこのセリフだ。水上一葉さんでも才奈でもなく、四番手くらいの男優が口にしたこれ。

与えられた仕事しかしたことないやつが、本気で何かやろうとしてるやつに意見すんじゃねえよ。ケチつけんじゃねえよ。そういうのを大人だとか思ってんなよ。動こうともしなかったくせに嫉妬とかしてんなよ。

七月　中林継男、深みにはまる

「ナッカン、やられたよ」

次郎が電話でそう言った。

たすけてくれ、と言ってきたときと同じ。もしもしも何もなし。聞こえてきた第一声がそれだった。

ただ、今回は過去形。あのときほどの切羽詰まった感じはない。

「やられたって。どうしたんだよ」

「男が二人来て。殴られた」

「ケガしたのか？」

「骨折とかそういうのはないと思う。ぎっくり腰のときに買って残ってた湿布薬をあちこちに貼ってはいるけど」

「動けないわけじゃないんだな？　で、アパートにいるんだな？」

「うん。また横になってるよ」

「そのままそうしてろ。行くから」

「いや、いいよ」

「いい。行く」

ということで、よもぎ荘に行った。東尾久から西尾久。徒歩十分。行かないわけにはいかない。

ドアのわきにあるチャイムのボタンを押す。インタホンではない、旧型のチャイムだ。まさにピンポンと鳴るあれ。ここのは、ピン、ポン。押してピン、離してポン。

「開いてるよ」となかから次郎が言う。

自分でドアを開け、入っていく。

前回同様、次郎は薄っぺらな敷布団に横たわっている。

「開いてるよじゃなくて、カギは閉めとけよ」

「今はナッカンが来るから開けといただけ。さっきは閉めてたよ」

おれは敷布団のわきにしゃがみ、次郎を見下ろす。これもまた前回と同じ形だ。

「そいつらもチャイムを鳴らしたのか?」

「うん。それで、星崎さ~ん、ガス会社で~すって」

「ガス会社が、ガス会社で~す、とは言わないだろ。せめて社名か店名を言うよ」

「おれもおかしいとは思ったんだ」

「気づいてはいたのか」

「まあね。半笑いで言ってたし。ふざけたつもりだったんだろうな」

「じゃあ、開けなくてもよかったろ」

「騒がれたらマズいから。それで苦情になって追い出されたら、おれ、行くとこないし。この歳の独り者なんて、どこも住ませてくれないよ」

「で、ドアを開けて、どうなったんだ？」

「いきなり二人に押さえられて、タオルを口に突っこまれた」

「ほんとかよ」

「声を出すな、出したら殺すって言われた。おれはうなずいたよ。死ぬのはいいけど、殺されるのはいやだから。で、顔と腹を殴られた。顔は平手で、腹は拳」

「傷が残らないようにしたのかな」

「血が出ないようにしたんだと思う。腹は何度も殴られたよ。あと、肩も背中も。足は蹴られた」

「おいおい」

七十五歳だぞ、相手は。

「もう、わけがわかんなかったよ。相手の手は四本だし。そのうえ足もあるし」

「隣の部屋に人はいなかったのか？」

「どうだろう。わかんない。住んではいるけど、あいさつはしないから。おれはしてたんだけどね、向こうは何も言わないから、うるさがられてるのかと思って、そのうちしなくなった」

「男？」

「うん。五十代ぐらいかな」

あいさつもできない五十代の男。世の中にはいろいろな人間がいる。あいさつ一つでもめごとを回避することもできるのに、それすらしようとしない人間もいる。

「おれもさ、声を出さないよう我慢したよ」

「我慢するなよ、そんなとこで」

「だって、殺されたらかなわないから」

「殺さないだろ、こんなとこで」

「殴られてるときにそうは思えないよ」

確かにそうだろう。おれは実際に殴られていないから、そんなことが言えるのだ。暴力に強い人間はいない。少なくとも、やられているその現場で暴力に屈しない人間はいない。

「そいつらも、力は抜いてたと思う。でも腹だから痛かった。というか、苦しかった。胃のなかのもんが逆流したけど、タオルで口をふさがれてるから吐けないんだ。窒息するかと思ったよ。代わりに涙が出て。泣くなよじじいって笑われた」

本当に、いやな話だ。何のために、今、次郎を痛めつける必要があるのか。

「お前、何かしたのか？」

「してないよ。一昨日かな、電話がかかってきて、また仕事をやれって言われて。もうやらないって断ったんだ。断れるわけねえだろとも言われたけど、無理だと言って、電話を切った。そしたらこうなった。昨日は一日何もなかったからだいじょうぶだと思ったんだけどね。だいじょうぶじゃなかったよ」

「そいつらは、帰る前に何か言ったか？」

「次は断るなよって。また同じことになるぞって」

家にまで来て、殴る。逃げ場はないのだと教える。おそらく、外で襲ったりはしないのだ。人に見られて通報される可能性があるから。

「次郎」

「ん？」

「もう警察に言え」

「いやだよ。そしたらナッカンのことも話さなきゃいけなくなる」

「おれはいいよ。もう働いてない。会社をクビになったりもしない。次郎も、そう悪いことにはならないよ。最初のだって未遂に終わってるんだから」

「でも。金を取りに行っちゃったよ。実際、おれは金を受けとるつもりでいたよ」

「行っただけだ。受けとってはいない。問題はない」

次郎は黙る。そしておれがもうひと押ししようと思ったところで、口を開く。

「愛乃を、犯罪者の娘にしたくないよ」

「だから。犯罪者にはならないよ」

とは言ってみたものの。よくわからない。どうなのだろう。あれこれ調べられ、金を受けとりに行ったことがわかったら。なってしまうのか。

次郎は俊乃さんと離婚したから、愛乃ちゃんはもう娘ではない。だからそこは気にしなくていい。

とは言えない。言ったところでどうにもならない。そんな理屈で次郎が折れるはずもない。片見里市役所で離婚届の紙一枚が動いただけ。愛乃ちゃんが次郎の娘であることは変わらないのだ。

「もうだいじょうぶだよ」と次郎が言う。「おれはやらないって、そいつらもわかったんじゃないかな。また声をかけてきたら、また断るよ。あと一回は殴られるかもしれないけど、我慢する。それで終わりだよ。たぶん」

結局、警察には言わなかった。こちらからは近づかなかった。

が、あちらから近づいてきた。次郎にではなく、おれに。

次郎が襲われてから何日もしないうちに、刑事が訪ねてきたのだ。

おれは風見荘の部屋にいた。午後五時すぎ。尾久図書館から帰って三十分が経ったころ。

インタホンのチャイムが鳴った。ウィンウォーン。

まずは受話器で応対した。中林さ〜ん、ガス会社で〜す、ではなく。小声でこう言われた。

「中林継男さん。警察です。お話があります。ドアを開けてください」

「ちょっと待って」と言い、受話器を戻した。

一応、覗き窓で外を見た。一人のように見えた。タオルを出してきたらすぐに大声を上げよう、と決め、ドアを開けた。

男は四十前後。着ているのは制服ではなく、私服。半袖のシャツにグレーのズボン。

そのポケットに男が手を入れたので、身がまえた。タオルが出てくるのかと思ったのだ。が、出てきたのは、刑事ドラマなどでよく目にする、開くタイプの警察手帳。片側にバッジが付けられ、片側が身分証になっているあれだ。

刑事はすぐにそれを閉じてポケットに戻した。そして言う。

「中林継男さんでまちがいありませんね？」

「ここではあれなので、ちょっと入っても？　玄関で結構ですので」

「ああ」

「どうぞ」

周りに話を聞かれないように、ということだろう。おれへの配慮だ。

刑事を玄関に入れる。その背後でドアが閉まる。

二人、向かい合う。三和土に立つ刑事より、なかに上がったおれのほうがやや目線が高い。

「わたしが何で来たかは、わかります？」

「えーと」時間稼ぎにこう続ける。「その前に。今の、もう一度見せてもらっていい？　よく見えなかったから」

「あぁ」

刑事は再度警察手帳を出し、開いてこちらに見せる。

バッジには、POLICEと書かれている。身分証にはこうある。警部補、秋口潔彦。

秋口《あきぐち》。名字としては珍しい。名前の読みは、きよひこ、だろう。無駄に覚えてしまった。

顔写真も本人。まちがいない。といって、もとを知らないのだから、偽造されていてもわからないが。

「ありがとう」

おれがそう言うと、秋口刑事は手帳をズボンのポケットに戻す。

「で、どうでしょう。わたしが何で来たか、わかります？」

「何となくは」

「そうですか。なら話が早い。二ヵ月前、葛飾区お花茶屋の牛島しのいさん宅に強盗が入ったのは知ってますか？」

「知ってるよ」

「あ、知ってるんですね」

「新聞で読んだから」

「なるほど。我々は今、その捜査をしてます。近場でほかにも強盗事件はいくつか起きてましてね。同一犯かと思ってたんですが、そうじゃない可能性も出てきまして。詳しいことは言えませんが、押しこみの手口がちょっとちがうんですよ」

「そう、なの」

「さかのぼっていろいろ調べてみたら。牛島さんはそれより前に詐欺グループに狙われてたことがわかりました」

「詐欺」

「振り込め詐欺ですね。前はオレオレ詐欺と言われてたやつ。まあ、被害はなかったんですが、我々はその振り込め詐欺と押しこみ強盗がつながってると見てましてね。そこが同一犯じゃないかと考えてます。そう聞いて何か言いたいことは、あります？」

「特には」

「特にでなければ？」

「ないよ」

「本当に？」

「それについては何も知らない。話せることはないよ」

「そうですか」

秋口刑事がおれを見る。

おれも秋口刑事を見る。目をそらしたら負けだと思って。

先に目をそらすのは秋口刑事だ。

「振り込め詐欺もダメですよ。いいわけない。でもそいつらが強盗にも手を染めたとなると、それはもう、ほんとにダメなんですよ。人の命が危険に晒されますから。そういうやつらはね、相手を脅すためと自分の身を守るために必ず武器を用意しますよ。いや、武器じゃない。凶器ですね。ナイフとか包丁とか。場合によってはスタンガンとか密造銃とか」

「そう、だろうね」

「初めは、いざとなったらつかえばいいと思ってるだけなんですよ。でもそう思ってると、やっぱり頼っちゃうんですね。たいていの人は、刃物を向けられたら抵抗なんかしませんよ。ただ、悲鳴を上げたりはします。そしたらどうなります？　黙らせるために、つかっちゃいますよ。そういうのはね、やっぱり防ぎたいですよ」

「それはわかるよ。でも犯人につながるようなことは何も知らない。話せることはないよ」

「これも言うべきではないんですけどね。一応、お伝えしておきます。仕切ってるのはカンと呼ばれる男です。スガとも読む菅と書くらしいけど、まちがいなく本名ではないですね。こいつはちょっとヤバいです」

「ヤバいというのは？」

「危険だということです。何でもやります。ためらわないです」

そして秋口刑事は黙る。

おれも黙る。

先に口を開くのは、やはり秋口刑事だ。

「あなたがね、罪に問われることはないですよ。その件で牛島さんは被害届を出してませんし、あなたがたへの処罰感情もまったくない。だからだいじょうぶです。あなたが代役を務めた人のことを教えてください」

もうそこまで来ているのか。まあ、来るか。

だがおれは言えない。言う必要がない。実際、次郎は何も知らない。菅という男のことも知らない。知っていればおれに言っている。名前を出している。

「本当に知らないんだよ」次いでこう言ってしまう。「山田《やまだ》ということしか」

「山田？」

「たまに赤羽《あかばね》の飲み屋に行くんだよ。あそこは昼からやってる店も多いから。そこで知り合った。何度か同じ店で会って。声をかけられて。三万もらえるいい仕事があると言われた」

「電話番号は？」

「聞いてないよ。聞いたのは名前だけ」

スマホの履歴を見せろと言われたら困るので、とっさにそう言った。消したと言っても、警察なら調べるだろう。調べれば、それらしき番号からの着信もそこへの発信もなかったことはすぐにわかる。山田、はさすがにうそくさいと思ったが、それらしい名前をとっさに思いつけなかった。

「それで、どうしたんですか？」

「その日に赤羽の店で会って。三時に牛島さんのとこへ行ってくれと言われた。もらうものをもらって戻ったら金は払うからと」

「で？」

「そんなうまい話があるはずはないと思って。牛島さん自身に話を聞いたら、やっぱりそんなようなことで。当然やめたよ」

「山田にはそれを？」

「言ってない」

「かばったのはどうして？」

「かばったわけじゃなくて。関わりたくなかったんだよ。実際、何も知らないし。こわくもあったから」

「そのあと、何らかの形で連絡は？」

「ないよ。赤羽にも最近は行ってない」

「そうですか」

「そう」

「それ、本当？」

「本当だよ」

「まあ、いいでしょう。何にせよ、賢明でした。踏みとどまってよかった。今後もし何かあったら、すぐに連絡してください」

秋口刑事はおれに名刺をくれた。

刑事も名刺を渡すのかと、少し驚いた。

「ご協力に感謝します。もしかしたら、また伺うことがあるかもしれません。では失礼します」

秋口刑事は帰っていった。

刑事は二人一組で行動するのだと思っていた。秋口刑事は一人。おれがさして重要な相手ではなかったからだろう。

また伺うこと。そんなことは、なければいい。


翌日。再び来訪者があった。

前日とほぼ同じ時刻。ウィンウォーン、とインタホンのチャイムが鳴り、いやな予感がした。もう？　と声が出た。また秋口刑事だろうと思ったのだ。一日で動きがあったのかもしれない。それは牛島しのいさんでなく、次郎に関することかもしれない。

受話器をとり、平静を装って言った。

「はい」

「警察です」といきなり来た。

が、少し違和感があった。

「何でしょう」

「ちょっとお話を」

迷ったが、出ないわけにはいかない。

出た。

ドアの外に、秋口刑事ではない男がいた。三十代半ばぐらい。細身。色白。長い髪にゆるやかなパーマがかかっている。

別におかしくない。一つの事件を担当する刑事は一人ではないだろうから。それでも、やはり違和感はあった。笑っているのだ、男が。

「初めまして」次いで男は、昨日の秋口刑事と似たようなことを言う。「ここじゃあれなんで、玄関に入っても？」

「どうぞ」

男を玄関に入れる。その背後でドアが閉まる。

二人、向かい合う。三和土に立つ男より、なかに上がったおれのほうが目線がやや高い。

このあたりは昨日とまったく同じだ。

「手帳を、見せてもらえる？」とおれが言う。

「手帳？」と男がその言葉をくり返す。「スケジュールを書いとく手帳。一年に一冊つかうやつ。あれでいい？」

「いや。それではちょっと」

「といって、そんな手帳も持ってないけど。スケジュールを書き残すようなバカじゃないんで」

「警察では、ない？」と尋ねる。

「ないねぇ。やっぱサツには見えないか。デカっぽくないように見せたデカ、に見せたつもりなんだけどな」

「誰？」

男はおれの顔を一度じっくり見てから言う。相変わらず、笑って。

「どうも。お友だちの上司です」

「上司？」

「そう。あんたのマブダチの上司。わかりやすく言えば、捨て駒の部下からお金を吸い上げる人、かな。カンという者ですよ。竹かんむりの管とよくまちがわれる菅ね。クダじゃねえっつうの」

おれは何も言わない。

菅も何も言わない。

先に口を開くのはおれだ。

「一人、なのか？」

「そう。今日は殴らないんで」

「殴らないのか」

「殴らないよ。あんたは襲わない。襲う必要がない」

「次郎だって、襲う必要はなかったろ。何も言わないよ、次郎は」

「まず何も知らないからな、あのじじいは。おれとも会ったことはないよ」

「じゃあ、いいだろ」

「よくないね。罰は受けてもらわないと」

「罰って、何の罰だ」

「二度も失敗した罰だよ。仕事ができないやつがおれは嫌いなの。ただ金を受けとってくるだけ。それを二度続けて失敗。何度やれば成功するんだよ。失敗するのは捕まるときだ。なのに、あのじじいはのうのうとしてやがる。で、二度も失敗しておいて、三度めはやらないと抜かしやがった」

「二度めはともかく、一度めは次郎の失敗じゃないだろ。相手の事情だ」

「ボケたばあさんか。それでもな、金はとってこなきゃいけねえんだよ。押しこみ強盗をしてでもな。あの家に金がたんまりあることはわかってたんだ。ばあさんが自分で言ってたからな」

「詐欺の電話で？」

「ああ。で、その時間、家にはばあさん一人。余裕だろ。うまくすりゃ、金をとられたことも忘れてくれるかもしれない。幼稚園児にだってできる仕事だ」

「もしかして、その人の家にも押し入ったのか？」

「いや。ばあさんがあることないこと思いだして息子に言ったのか、警備会社と契約しちゃってね。あれじゃ空巣にも入れねえな。ばあさんも、たぶん、もう住んでない。今ごろは施設か何かに入ってんだろうよ。だからあのときが最後のチャンスだったんだ。それをあのじじい、ノコノコ帰ってきやがって」

「誰だってそうするだろ」

「おれだったらそうはしないね。あのじじいの立場だとしても、もっとうまく動くよ。あいつはつかえねえ。自分で考えて動けねえんだ。指示待ち人間てやつだな。まあ、そのほうが都合がいいときもあんだけど。で、二度めはあんたの登場だ。こっちにしてみりゃまさかだよな。あのじじい、まさに自分は動けねえから、人に頼みやがった」

「しかたないだろ。ほんとに動けなかったんだから」

「あんなことを人に頼むってのがバカの発想だろ。受けるほうもバカ。でも、まあ、あんたは系統がちがうバカだ」

おそらく、次郎はあとを尾けられていた。というより、牛島さん宅の近くで張られていた。信用されていなかったのだ。きちんとやるか、試されていたのだろう。

そこへ、おれが登場した。家に入り、数分後、何ごともなかったかのように出てきた。そして電話をかけた。おかしいし、あやしい。だが警察は来ない。通報された様子はない。張っていたやつも、わけがわからなかったはずだ。

何故おれを襲わなかったのか。警察に駆けこまれると思ったからだろう。だが次郎だけならそれはしないと踏んだ。当たっている。未遂とはいえ、次郎は一度やってしまっている。警察には行けない。

「あんたはうまくまとめたよな。お見事だ」

「まとめてなんかいない。たまたま牛島さんの人がよかっただけだ」

「それだけでもわかるよ。あんたは運を持ってる。あのじじいは持ってない」

菅がまたおれの顔をじっと見る。

おれも見返して言う。

「で。殴らないなら、今日は何の用だ」

「勧誘だよ」

「勧誘？」

「ああ」

「新聞はもうとらないし、宗教も必要ない」

「何だ、それ」と菅が笑う。「いいね。あんたはいいよ。あのつかえねえじじいとちがって、論理的に話をすればわかってくれそうだ。頭がいいんだな。自分でもそう思ってるだろ？　おれは頭がいいって」

「思ってないよ」

「だとしても、知ってはいるよな？　あんなじじいよりは頭がいいと」

「そんな言い方はよせ」

「おいおい。ならこっちも言うぞ。おれに命令はよせ」

「命令じゃない。お願いだ」

「なあ、じじい。あんたはつかえる人間だよ。七十を過ぎてつかえる人間なんて、そうはいない。みんな、いざとなれば動けると自分で思ってるだけ。実際には動けない。でもあんたは、あのじじいから連絡を受けてすぐに動いた。こっちが指示した午後三時まで一時間もなかったろ。普通、じじいは動けねえんだよ。いつも偉そうにしてたって、そんなときはただオロオロするだけだ。あんたはちがったよ。動けた。それは誇っていいことなんだぜ」

「そう言われてもうれしくないよ」

「うれしくなくていい。こっちも喜ばせるために言ったわけじゃない。事実を言ったまでだ。わかるだろ？　おれらにしてみれば、あんたはいい人材なんだよ。おれらのビジネスにマッチしてる。その歳でスカウトされることなんて、ねえぞ」

「だからうれしくないよ」

「だからほめてねえよ。ただの事実。今は何もしてないんだろ？　暇なんだろ？　あんたが仕事をするなら、もうちょっと金を出してもいいぞ」

「高い給料を出してくれるってことか」

「そう。じじいでも役に立てる。いい話だろ」

「そんなふうに役に立ちたくはないよ」

「老い先短《みじけ》ぇんだ。立てる役には立っておけよ。どうだ？　じじい」

「なあ」

「何だ」

「じじいって言うな」

それを聞いて、菅は笑う。本当に楽しそうに見える。ここで話しているのが楽しい。そんなやつだから、こんなことができるのだ。

「昨日、デカが来たよな？」

「来たよ」

「じじい。何かしゃべったか？」

「しゃべってないよ。おれは何も知らない。しゃべりようがない。次郎のことも、しゃべってない」

「友だち思いだな。そういうとこはやっぱバカだ。頭がいいやつがそういうバカなことをすんのを見ると、おれは悲しくなる。これだけは覚えといてくれ。あんたのためにもなることだから」

「何？」

「おれはじじいだろうと容赦しない。必要なら襲う。ボッコボコにする。そんなには必要でなくても、するかな。今あんたがいるのはぎりぎりのとこだ。あと一歩でも向こうへ行ったら、そんなには必要でなくても、の領域になる。本当に、余計なことはしないことだ。わかったな？　じじい」

「わかったよ」

「邪魔したな。もうここへは来ない。来るときはほかのやつが来るよ。一人じゃなく、何人かで。二人より多いかもな。人一人を、山かどっかに運ばなきゃいけねえから」

菅はドアを開け、出ていった。別れのあいさつはなし。油圧式のドアがゆっくりと閉まる。最後に、バタン。

風見荘のドアはこんなふうに、ほうっておいてもきちんと閉まる。次郎のとこ、よもぎ荘のドアは、閉めようとしなければ閉まらない。

そんなことを思いながら、その場に立ち尽くす。

二分ぐらいもそうしていると、いきなりこれが来る。ウィンウォーン。

さすがにビクッとする。覗き窓を見ることすらせず、反射的にドアを開けてしまう。

外には千景さんがいる。大家の風見千景さんだ。

「こんにちは」と言われ、

「どうも」と返す。

「暑いねぇ」

「暑いですね」

「こんなこと訊いちゃいけないけど。あの人、誰？」

「はい？」

「今の人」

「あぁ。ちょっとした知り合いです」

「外を掃いてたらさ、中林さんの部屋から出てくるじゃない。だからつい見ちゃったの。いつもの次郎さんかと思って。そしたらちがう人。目が合ったらいきなり、長生きしてくださいね、なんて言われちゃったよ。何だか気持ち悪いね」

「すいません。ふざけたんだと思います」

「それはふざけて言うことでもないけどね。あ、そうそう。またたくあん漬けたの。いる？」

「いいんですか？」

「うん。うまく漬かってる。あとで持ってくるわよ」

「いつもありがとうございます」

「いえいえ。ウチだけじゃ食べきれないから」

食べきれないなら、漬ける大根の数を調整すればすむこと。つまり千景さんは、初めからおれの分まで漬けてくれているのだ。

ありがたい。

たくあんをもらえるからということでは決してなく。本当に長生きしてほしい。

それにしても。

秋口刑事に菅。そんな二人に連日訪問される今のおれのことを、小本磨子はどう思うだろう。

八月　田渕海平、なお迷う

毎年、お盆の時期には片見里に帰る。

ウチは善徳寺の門徒。寺で開かれる法話会に行ったり、自宅に住職を招いて法話を聞いたりする。

ウチから法話会に行くのはばあちゃんくらい。俺は行かない。帰ったら、エアコンの利いた自室で漫画を読んだりゲームをやったりする。でも徳弥さんをウチに呼んだときは法話を聞く。この人と話すのは楽なのだ。あんまり難しいことを言わないから。

基本、善徳寺の宗派は、亡くなった人は亡くなったその時点で仏様になる、という考え方。だから霊としてお盆に帰ってきたりはしない。こっちも迎え火や送り火はしない。ただ、墓参りはしてもいい。そこだけは昔から教わってきた。とりあえずそれがわかってりゃいいよ、と徳弥さんも言った。実は結構いい考え方だと俺は思ってる。

今年は、徳弥さんが法話を終えたとこへ俺帰宅、という形になった。

家の前にスバルのインプレッサが駐められてたので、あ、来てんだ、と思った。徳弥さんはその車であちこち法話にまわってる。もちろん、法衣はちゃんと着てる。髪もちゃんと剃ってる。別に剃り上げる必要はないのだが、徳弥さんは剃ってる。坊主なのに剃らなくていいんですか？みたいなことをいちいち訊かれるのが面倒だからだ。

親父と母ちゃんに見送られて玄関から出てきた徳弥さんが言う。

「お、海平じゃん」

「どうも。おつかれっす」

「法話を終えた坊主におつかれとか言うなよ。せめて略すな。おつかれさまですと言え」

「おつかれさまです」

「お前、プラプラしてんだって？」

これには親父と母ちゃんが苦笑する。徳弥さんは、たぶん、今日よりずっと前にばあちゃんから聞いたのだ。ばあちゃんは徳弥さんに何でも話すから。

「プラプラはしてないですよ。一応、バイトはしてますし」

「バイトかよ」

「就活もしてますよ」とそこは両親の手前、うそをつく。

まだ就活サイトや各会社のサイトを見たりしてるだけ。就活をしてるとまでは言えない。

「徳弥くん、一度ビシッと言ってやってよ」と親父が余計なことを言う。

「ほんと、お願いします。この子、徳弥さんが言ってくれれば聞きますから」と母ちゃんまでもが余計なことを言う。

「じゃ、海平。明後日《あさって》ウチに来いよ。寺じゃなく、家のほうでいい。昼メシにそうめん食おう。食い放題。いくらでも茹でてやる。門徒さんに頂いたそれが山ほどあっから。えーと、そう、一時だな。午後一時。絶対来いよ。二度寝とかすんじゃねえぞ」

二度寝。そこまで聞いてるらしい。さすがに俺はひやっとするが、親父と母ちゃんは笑ってる。苦笑ですらない。ウケてる。ここが徳弥さんのすごいとこだ。普通、しくじった子の親の前でそんなことは言えない。でも言えちゃう。それが徳弥さん。

「わかりました。行きますよ」負けじと俺も言う。「ちょっとくらい遅れても、門は閉めないでくださいよ。大学じゃないんだから」

「お前が言うな」と親父が言い、

「遅れないようにしなさいよ」と母ちゃんも言う。

「じゃ、待ってっから」

「はい」

徳弥さんは親父と母ちゃんに頭を下げ、インプレッサに乗る。エンジンをかけ、次の法話先へ、ゴー！

車が見えなくなるのを待って、母ちゃんが言う。

「おかえり」

「ただいま」

「どうだ？」とこれは親父。

「まだちょっと」

「そうか。まあ、がんばれ」

「うん」

その後、自室でゆっくりして。二度寝オーケーのうたた寝もして。

晩ご飯の前に、俺はばあちゃんの部屋に行った。

一階、トイレに一番近い部屋。そう言うと聞こえはよくないが、もちろん、これはばあちゃん自身のためだ。ばあちゃんがトイレに行きやすいようにそうしてる。

東尾久で継男っちに会ったあとすぐ、ばあちゃんには電話をして、見つけたよ、と言った。ばあちゃんは感心し、ほめてくれた。ありがとね、海平はやる子だね、と言ってくれた。話は今度、海平が帰ってきたときにゆっくり聞くよ。

その今度が今だ。

ばあちゃんの部屋は和室だが、ベッドがある。ばあちゃんがその縁に座り、俺は座布団に座る。ばあちゃんのほうが目線が高い。下からばあちゃんを見るのは新鮮だ。そんな機会は意外とない。

「中林さん、元気だったよ」と俺は言う。

「そう。よかった」

「ばあちゃんのこと、ちゃんと覚えてた。初子って言ったらわかったよ、木暮さんだって」

「それはうれしいねぇ。中林くん、一人だって言ったよね？」

「うん。ずっと東京にいて、一度も結婚しなかったみたい」

「モテそうだったのにねぇ」

「そうだったんだ」

「今はモテそうじゃなかったかい？」

「そう言われれば、モテそうか。歳よりは若い感じがしたよ」

継男っち捜しを頼んできたときに、写真はいいとばあちゃんも言ってたが。俺はスマホで継男っちの写真を撮るつもりでいた。一応、言ってもみた。やめとこう、と継男っちは言った。こんなじいさんの写真を見せてがっかりさせるのも悪いから。

「今はもう働いてないんでしょ？」

「うん。でも七十までは働いてたみたい。会社を定年退職したあと、バイトみたいな感じで。その前は、一度転職したって言ってたよ。勤めてた会社がつぶれたんだって」

「あらあら。苦労したのね」

「特にそうは言ってなかったけど」

「でも元気なら何よりだ」

「うん。そこはだいじょうぶ。元気。コーヒーとか、ブラックで飲んでたし」

それを元気と言っていいかわからないが、まあ、いいだろう。現に、継男っちと同い歳のばあちゃんはコーヒーを飲まない。もうばあちゃんにコーヒーはちょっと強いね、と言ってる。

ほかにも、継男っちに聞いたことをあれこれ話した。東尾久のこととか、東京にいる片見里出身者のこととか。西尾久に星崎さんが住んでることも伝えた。

「星崎くんて、次郎くん？」

「そう。次郎さん」

「星崎くんも近くにいるの」

「うん。かなり前に荒川区に移ったんだって。ほんとに近いらしいよ。西尾久は東尾久の隣だから」

「星崎くん。大人になってからは会ってないけど、子どものときの顔は今でもはっきり思いだせるよ。いつもにこにこしてる子だったね。言われてみれば、あのころから中林くんにくっついてまわってたような気がするよ」

「七十五歳になっても、そういうのは変わんないのかな」

「今もくっついてまわってるわけではないでしょうけど。でも、そうやって近くにお友だちがいるなら安心だ」

よかった。ばあちゃんが安心してくれるなら、捜した甲斐もあった。『とりよし』で焼鳥を食ってビールを飲んだ甲斐もあった。

「で、どうする？」とばあちゃんに尋ねる。

「どうするって？」

「この先」

「あぁ。どうもしないよ」

「しないの？」

「しないよ。中林くんが元気だとわかればそれでいい。ありがとうね、海平」

「だって、中林くんがこっちに帰ってくることはないんでしょ？」

「まあ、そう言ってたけど。ばあちゃんが東京に遊びに来れば？」

「もう行けないよ。こわいもの」

「こわくないよ。俺、住んでるじゃん」

「海平は若いもの」

「ばあちゃんも若いよ」

「あら、ありがと」

「俺が案内してもいいよ。四畳だからさすがに部屋に泊まるのはキツいけど、ホテルの予約とかも俺がするし」

「いいよ。やっぱりこわい。人がこわいとかじゃなくてね、空気がちがうのがいやなのよ」

「別に大気汚染とかないし」

「そうだろうけど。ばあちゃんはもう無理。でもそう言ってくれてうれしいよ」

「せめて電話とかするよう、もう一度言ってみる？」

「いいよいいよ。電話はね、用件を伝えるだけ。本当に話したいことは話せない。中林くんもそう思ったんだと思うよ。それで、海平は、中林くんと長く話したんでしょ？」

「ほんとにいいの？」

「一時間ちょっとは話したのかな、喫茶店で」

「だったらもう顔見知りだ。中林くん、星崎くんみたいなお友だちはいても、ご家族はいないのよね？」

「そう言ってたね」

「ずっと一人だとちょっとさびしいだろうから、たまには様子を見に行ってあげて」

「俺が？」

「うん」

「いやじゃないかな、中林さんが」

「いやじゃないわよ。ばあちゃんなら大喜びだもの」

「ばあちゃんは俺のばあちゃんだからそうだけど」

「この歳にもなればね、知り合いの孫なんて自分の孫みたいなもんよ」

「それはないでしょ」

「あるわよ。海平ならだいじょうぶ。ばあちゃんぐらいの歳の人は、誰も海平をいやがったりしない」

「うーん」

「それでね、もし中林くんが何かで困ってたら、たすけてあげて」

「俺にできることなんてないよ。代わりに買物に行くとか、重い荷物を持つとか、できるのはせいぜいそのくらい」

「それでいいのよ」ばあちゃんはいつの間にか用意してた封筒を俺に差しだす。「はい、これ。お世話代」

受けとる。たぶん、前回と同じ厚み。

すぐになかを見る。当たり。十万円。

「いやいや。さすがにこれは」

「海栄と鈴子さんには言わないから」

「言わなくても」

「海平のためじゃなくて、ばあちゃんのためだから。中林くんの近くに海平がいる。そう思うと、ばあちゃんも安心できるのよ」

そうは言っても、俺のため。結局は俺にこづかいをくれるため。まちがいない。

ただ。俺を通して継男っちとつながってられる。そんな思いもちょっとはあるのかもしれない。

と自分にいいように考えて、俺は十万円を封筒に入れる。

「わかったよ。東京に戻ったら、また行ってみる」

「お願いね」

「うん。これ、ほんとにもらっていいの？」

「いいよ。生活の足しにして」

生活の足しって。それ言っちゃったじゃん。ばあちゃん。

「じゃあ、もらうよ。ありがとう」

十万円、受領。

というか、もう、搾取に近い。


善徳寺は、二百年以上も続く由緒正しい寺だ。

二百年はすごい。俺、ほぼ十人分。と言っちゃうと逆にぴんと来ないが、寺ができたのが江戸時代、まだ幕府があったころ、と考えればすごい。

寺自体がそんなにデカいわけじゃない。ゴーンと鳴らす鐘があったりはしない。でも寺の敷地には墓があるし、本堂には仏像もある。徳弥さんはその本堂で毎朝ちゃんと経を読んでる。いや、ちゃんとかどうかは知らないが、読んではいる。

徳弥さんは、僧名も徳弥。とくや。私人としての名前は、村岡《むらおか》徳弥だ。亡くなった父親は、徳親。とくしんさん。もとはのりちかさんだったという。僧侶になったとき、つまり得度《とくど》したときに音読みのとくしんに変えた。徳弥さんは、生まれたときからずっととくやだ。

村岡家も、やっぱ善徳寺の敷地内にある。敷地内も敷地内。本堂とつながってる。家から廊下を通ってそのまま本堂へ行けるのだ。家自体は普通の一戸建て。寺に合わせて和風にはなってるが、なかには洋間もあればソファもある。

徳親さんが亡くなってから、徳弥さんはそこに母親の露子《つゆこ》さんと二人で住んでた。が、二年半くらい前に結婚した。お相手は、門徒の倉内多美《くらうちたみ》さん。徳弥さんの小学校中学校の同級生だった倉内美和《みわ》さんの妹だ。

この美和さんも何年か前に亡くなった。悲しいことに、自殺をしてしまったのだ。葬儀の際に経を読んだのは徳弥さんだったらしい。

徳弥さん多美さん夫婦には、結婚してすぐに子どもができた。すんなりと、長男。徳善《とくぜん》くん。今、一歳。

善徳寺の善徳をひっくり返して、徳善。それがいいんじゃない？　と多美さんが提案した。善徳寺の徳善。歴代の住職のなかでもエース感が出る。ということで、徳弥さんも露子さんも賛成。訓読みの、のりよし、にすることも検討したが、絶対に寺を継いでもらわなきゃいけないので、得度時に変更じゃなく、初めからとくぜん。そんなふうに決まったらしい。

二度寝のことをまたネタにされないよう、善徳寺には約束の五分前、十二時五十五分に行った。

それでも徳弥さんにはこう言われた。

「門、ちゃんと開いてたろ？」

「当然ですよ。間に合ってんだから」

村岡家の玄関から入り、本堂のわきにある和室に通された。

すぐに露子さんがそうめんを茹でてくれた。それはガラスの器に山と盛られた状態で運ばれてきた。

「まだまだあるからたくさん食べてね。終わったらすぐ次を茹でるから」

「まずこれを食べきれるかどうか」

「海平くんは若いからだいじょうぶよ。徳弥とちがっておっさんじゃないから」

「三十二歳はおっさんじゃねえよ」と徳弥さん。

「最近揚げものがちょっとツラくなってきたって言ってたじゃない」

「ちょっとだよ、ちょっと。五個食ってた唐揚げが四個で充分になった、くらいの意味。五十六歳で五個いける母ちゃんがおかしいんだよ」

「あんたね、女の歳を人前で言うもんじゃないよ」

「女って言うなよ。せめて母親と言え」

と、まあ、こんな具合に、徳弥さんと露子さんは仲がいい。

「海平くん、ごゆっくりね」と言い、露子さんは去っていく。

「ありがとうございます。いただきます」

それ用のガラス容器にめんつゆと水を入れ、薬味のしょうがとねぎもたっぷり入れる。

徳弥さんと俺、手を合わせて言う。

「いただきます」

頂く。スルスルッとそうめんがノドを通りすぎる。まさに滑り落ちる。

「あぁ。うまいです」と最初の一口で俺が言う。

「うまいな。ここんとこ毎日そうめんそうめんでもう飽きてんだけど、食えば食ったでうまいんだ。人に茹でてもらうと、何かうまいよな。自分で茹でたときとはまたちがううまさがあるよ」

今の徳弥さんは、言ってみればオフ。僧衣も作務衣《さむえ》も着てない。着てるのは、かりゆしウエアだ。沖縄のアロハシャツみたいなあれ。夏はいつもそうなのだ。徳親さんが持ってたもののらしい。しかも五十枚近く。それを、お下がりとして着てるのだ。どんな単色のパンツにも合うから便利だという。

なかなか減らないそうめんを食べながら、徳弥さんと話をした。ラストに来たどんでん返しの大失敗をも含めた、就活の話だ。

徳弥さんも大卒なので、大学のことや卒論のことは知ってる。京都にある仏教系の大学に行ってたのだ。だから一人暮らしも、それにおける二度寝のヤバさも経験してる。

「お前さ、卒論一月スタートはヤバいだろ。一番のミスはそこだぞ。二度寝は事故だ。けど、そっちは明確にお前が悪い」

「それはカノジョにも言われました」

「正しいよ。カノジョの言うことは聞け。おれが多美の言うことは何でも聞くみたいに」

「何でも聞くんですか？」

「何でも聞くよ。寺以外のことなら。おれと多美がぶつかったら、正しいのはまちがいなく多美だから」

「すごいですね」

「すごくねえよ。よりよい道を行こうとしてるだけ。お前もこれからはカノジョに絶対服従で行け」

「もう無理です。別れちゃいました」

「マジで？」

「はい。フラれました」

「愛想を尽かされたわけだ」

「そう、ですね」

「いつよ」

「次の日です。卒論を出せなくて内定も取り消された、次の日」

「早《はえ》えな、おい」

「早かったです」

「何、引きずってんの？」

「うーん。引きずって、なくはないですね」

「長《なげ》えな、おい。もう半年だぞ」

「そうですけど。内定取り消しのデカいショックのあとに、ジワジワ来ました」

「まあ、あれだ、別に縁がなくなったわけじゃねえよ」

「いや、なくなりましたよ」

「いつも言ってるだろ？　一度できた縁はなくなんない。またどっかでつながるかもしんない。別れたからって、カノジョの記憶がお前の頭から消えたりはしないだろ？　忘れることも大事だけど、忘れ去る必要はねえんだよ。って、これ、だからストーカーになっていいって意味じゃねえからな。勘ちがいすんなよ」

「しませんよ」

こういうとこだ、徳弥さんがほかの僧侶とちがうのは。何というか、同じ場所にいる。上にいない。

「で、お前、就活してんだ」

「いえ。まだ」

「一昨日はしてるって言ってたろ」

「あれは、親父と母ちゃんの前だったから」

「何だよ、してねえのかよ。もう八月だぞ。ほとんどのやつが内定をもらってるだろ」

「たぶん」

「就活しないで、何のバイトしてんの？」

「宅配です、ファミレスの」

「前にもやってたやつか。お前、配達が好きなのな」

「はい？」

「だって、ダメになったその会社も運送会社なんだろ？」

「あぁ。宅配が主ってわけじゃないですけどね。物流、に近いです」

言われるまで気づかなかった。そうだ。言われてみれば、その二つは近い。

俺は、配達が好きなのか？

ちがうよな、と思う。ここで重要なのは、気づかなかったことのほう。まさに、意識してなかった。大手ばかりをまわった結果、たまたまそこから内定をもらえただけ。何でもよかったのだ。で、今は、何でもいいからこそ、何も決められずにいる。

「一昨日な、海栄さんも言ってたよ。せめて一人で起きられる息子に育てたかったって」

「マジですか？」

「うそ」

「何なんですか、そのうそ」

「親ならそう思うかと思って」

とそう言われると何も言えない。

思うだろう。俺が親なら、思う。

めんつゆと水をガラス容器に注ぎ足し、薬味も足す。ようやく半分に減ったそうめんを食べながら言う。

「ねぇ、徳弥さん。中林さんて知ってます？」

「中林、継男さん？」

「あ、知ってるんですね」

「知ってるよ。親父の代に門徒さんだったから。もうここにはいないけどな」

「今は東京ですよ」

「らしいな。その中林さんがどうした？」

就活の話の次は、継男っちの話をした。

捜してほしいとばあちゃんに言われたこと。実際に捜したこと。案外簡単に見つかったこと。連絡して会ったこと。一昨日、ばあちゃんに報告したこと。何もしないとばあちゃんは言ったが、たまには様子を見に行ってあげて、とも言ったこと。

「へぇ。やるな、初子ばあちゃん」

「やらないですよ。文字どおり、何もしないんだから」

「そこがお前の若さだな。動くことが何かすることだと思ってる。時には動かずにいることも大事なんだよ。サボってるわけじゃない。動かずにいるってことを、してるんだ。これも勘ちがいすんなよ。今のお前とはちがうからな。今のお前は、動くべきなのに動かないだけ。初子ばあちゃんは、あえて動かない」

「歳をとって動けないだけ、じゃないですかね。自分でもそんなようなことを言ってましたよ」

「それもあるけど。微妙にちがうんだよ」

「中林さん、家がないのはわかりますけど、墓もないんですね」

「ああ。十何年前に墓じまいをした。おれが高校生のときかな。あとで親父と母ちゃんが話してたのを聞いた覚えがあるよ。これからこんな人は増えるだろうって」

「実際、どうなんですか？　増えてるんですか？」

「増えてるな」

「それは、寺にとっても厳しいですよね」

「ムチャクチャ厳しいな。なのに、坊主丸もうけ、みたいなことをいまだに言う人もいるからな。いつの時代の話だよ」

「徳弥さんはロレックスの腕時計とかしてないですもんね。車はインプレッサだけど」

「インプレッサは普通だろ。がんばって買ったんだよ。そのくらいは許せ」

外に車が駐まる音が聞こえた。そのインプレッサではない。たぶん、軽。

続いて、そのドアを開け閉めする音や女性が話す声も聞こえる。声はどんどん近づき、この和室に入ってくる。徳善くんを抱いた多美さんと露子さんだ。

「海平くん、いらっしゃい」と多美さんが言う。

「どうも。お邪魔してます」

「ねぇ、だいじょうぶなの？」

「はい？」

「大学。というか就職」

「どうにかなりますよ」とテキトーに答え、言う。「お、徳善くん」

多美さんが俺のわきにしゃがみ、徳善くんの顔を見せてくれる。

目は開いてる。起きてる。かわいい。母親がきれいだと、やっぱ子どもはかわいくなる。

徳弥さんが多美さんと結婚すると聞いたとき、失礼ながら、思った。えっ、坊主って多美さんと結婚できんの？

「今ね、乳幼児健診に行ってきたの。一歳半健診」

「総合病院ですか？」

「そう。午前中の一番最後だったから、ちょっと待たされた。お義母《かあ》さんが車で迎えに来てくれたの」

片見里総合病院。歩きだと三十分かかるが、車なら五分だ。

「だいじょうぶなんですよね？　体」

「うん。すこぶる健康だって。すこぶるって言葉を久しぶりに聞いた」

「多美さんに似てますよね、徳善くん」

「そう？」

「目もとがそっくりですよ。よかったですね、多美さん似で」

「うるせえよ」と徳弥さん。

「でも顔がわたし似なら、性格は徳弥くんに似ちゃうかも」

「だからうるせえよ。似ろ、似ろ。おれに似ろ。積極的に似ろ」

それには多美さんも露子さんも笑う。俺も笑う。つられたのか、徳善くんも笑う。

「次期住職、楽しみですね」と俺が言い、

「おれ絶対坊主はいや、なんて言いだしたりして」と露子さんが言う。

「そしたら、どうするんですか？」

「どうすんの？　徳弥」

「そうなったら、海平がやるか？」

「は？」

「お前、あと二十年くらいプラプラする可能性があるから、そのあいだに得度しとけよ。で、ウチを継げ」

「徳善くんが継ぐと言ったらどうするんですか？」

「そんときはその話はなし」

「超ハイリスクですよ」

「そうなんないよう早いうちに決めろよ、道を」

「どんな理屈ですか」

「海平くん、おそうめん、茹でる？」と露子さんに訊かれ、

「もうだいじょうぶです」と答える。

「わたしも食べるからどうせ茹でるの。もっと食べれば？」と多美さんに言われ、

「じゃあ、いただきます」と返す。

かなり食べたのに、まだ入る。そうめん、恐るべし。

多美さんと徳善くんと露子さんが台所へ去る。

徳弥さんと二人、今度は棒高跳びの話をした。片見川を越える棒高跳び、というか棒幅跳び。サーカス団員の息子石毛駿司のことを思いだしたらついでに思いだした、あの話だ。

「徳弥さんは、高校のときに跳んだんですよね？」

「ああ。陸上部のやつから棒高跳びのコツを聞いて、やっと成功した。中学んときに台風接近で荒れた川に落ちて消防を出動させてっからさ、万全を期したんだ」

「俺の友だちは小六で跳んでましたよ」

「あれは体操みたいなもんで、体が軽いことも大事なんだな。ガキだからこそおそれを知ら

ずに行けちゃうとこもあるし」

「あぁ。確かに。その友だちもそんなでした。まったくためらいませんでしたよ」

「そういや、おれの友だちも小六だったな。そいつが跳ぶのを見て、自分もやってみようと思ったんだ」

「小六でっていうのはすごいですよね」

「すげえな。そいつはさ、四ヵ月くらいしか片見里にいなかったんだよ」

「そうなんですか？　俺の友だちもそうですよ。もしかして、サーカス団員の息子ですか？」

「いや。普通〜のやつ。父親は亡くなってて、母親と二人で暮らしてた。あちこちを転々として、片見里に来たんだ。で、ウチに父親の遺骨を預けたままどっか行っちゃって。十七年半後にそいつ自身が取りに来た」

「どっか行っちゃったっていうのは」

「よそへ引っ越しちゃったってこと。そいつは八回も転校してんだよ」

「俺の友だちは二十回以上ですよ。親がサーカス団員だから。昔、片見里にサーカスが来たの覚えてます？　俺が小六のときなんで、えーと、十一年前ですけど」

「覚えてるよ。おれはまだ京都にいたけど、聞いたことはある。観たかったな、と思ったし」

「徳弥さんに聞いたから、その棒高跳びのことを話したんですよ。そしたらその友だちが、おれ、跳べるかなって言いだして。すぐに跳んじゃいました」

「おれの友だちもそんなだよ。そういうやつって、恐怖を感じないのかもな。ある意味、鈍感。けど、強い」

「その人は、徳弥さんと同い歳ってことですよね？」

「そう」

「今は何をしてるんですか？」

「探偵」

「え？」

「東京で探偵をやってるよ」

「マジですか。私立探偵、とかですか？」

「いや。探偵社の社員なのかな。二十代はずっとフリーターだったけど。三年前にこっちでいろいろあって。そうすることにしたらしい」

「いろいろっていうのは」

「まあ、いろいろだよ。そのあとにそう聞いて驚いた。おれも初めは私立探偵かと思ったよ。ブロンドの秘書とかいんの？　って訊いちゃったしな」

「何でブロンドなんですか」

「やっぱ探偵はそのイメージじゃん」

「それはアメリカの映画とかに出てくる探偵のイメージですよ」

「そうだ、お前も探偵になれば？」

「何ですか、それ」

「中林さんを速攻で捜しだせたんだろ？　資質はあんのかもしんないぞ」

「あれは偶然も偶然ですよ。焼鳥食ってビール飲んでたら見つかったんですから。捜し歩いてるときは全然だったのに」

「そういう運を持ってるってことだろ」

「運で一生食えます？」

「と、まあ、言うことは堅実なんだよな、お前。ただ、言うだけ。行動が伴わねえんだ。最悪なパターン。だからカノジョも逃げる」

「それ、言っちゃいます？」

と俺が言ったとこへ、多美さんが新そうめんを運んでくる。

「わたしもここで食べるね」

そして多美さんは徳弥さんの隣に座り、いただきますを言ってそうめんを食べはじめる。

「徳善くんは食べないんですか？」と尋ねてみる。

「おそうめんはまだ早いかな。向こうでお義母さんがミルクを飲ませてくれてる」

「今さ、イチの話をしてたんだ」と徳弥さん。

「イチトキくん？」と多美さん。

二人の説明によれば。谷田《たにだ》一時《いちとき》さん、だそうだ。多美さんもその谷田さんのことは知ってるらしい。

「元気かな、一時くん」

「元気だろ。というか、別に元気ではねえか。あいつ、元気感はないもんな」

「飄々《ひょうひょう》としてるもんね。久しぶりに会いたいなぁ。今度呼びなよ」

「用もないのに来ないだろ」

「お父さんの遺骨がなくなった、とか言ってみれば？　探偵なんだから自分で捜せって」

「遺骨なくしちゃマズいだろ。寺の信用問題になる」

「遺骨って」とつい口を挟む。「まだここにあるんですか？」

「ああ。イチが三年前に取りに来たけど、まだ預かっといてやるっておれが言ったんだ。あいつ、不謹慎に、捨てたりしそうだから」

「一時くんのことはともかく。海平くんは、こっちに戻らないの？」

「戻るっていうのは、住むってことですか？」

「うん」

「仕事がないでしょうし」

「探せばあるでしょ。例えばあの電機メーカーとか」

「おぉ。すごいこと言うな、多美」と徳弥さん。

前に聞いたことがある。多美さんの父親はかつてそこの社員だったのだ。会社が合併したあとにリストラされた。今は小さな菓子卸売会社に勤めてるらしい。それを踏まえての、すごいこと言うな、多美、だ。

「でも会社って、結局そういうものだし。お父さんもそれはわかってる。今も会社を恨んだりはしてないよ。あの支社ができて雇用が増えたことは紛れもない事実だし」

雇用は確かに増えた。

支社そのものは、県庁の近くにある。隣の隣の市だ。隣の市には工場もできた。片見里に住んでそこに通勤する人もたくさんいる。俺の小学校中学校時代の友だち、黒江《くろえ》数士《かずし》と若山《わかやま》直英《なおひで》も高校を出てその会社に就職した。

「そこなら実家から通えるじゃない」と多美さん。

「通えますけど」

「こっちには住みたくないの？」

「そういうわけでもないですけど」

「田渕海平氏は、今いろいろとお悩み中なんだよ」と徳弥さん。「運送会社の社員になろうか、探偵社の社員になろうか、電機メーカーの社員になろうか、僧侶になろうか」

「最後のはないですよ」

「お前、経とか読めなそうだもんな。正座とかもできなそうだし。今もしてねえし」

実際、今もしてない。俺は座布団の上であぐらをかいてる。

「やりたいことを探してるの？」と多美さんに訊かれ、

「いや、そういうことでも」と答える。

お代わりそうめんを食べながら、掃き出し窓のほうに目を向け、庭を見る。

そこへ、スイスイ～ッとチャリが現れる。前カゴに白いレジ袋を入れたママチャリだ。

「あ、哲蔵《てつぞう》さん」と多美さんが立ち上がり、掃き出し窓の網戸を開ける。

岩佐《いわさ》哲蔵さん。門徒さんだ。先代の徳親さんと仲がよかったらしい。

「トク。トマト持ってきた。食え」

「トマト。家庭菜園ですか？」

「ああ。形は変だけどうまいぞ。徳善にも食わしてやってくれ。トマトはだいじょうぶだろ?」

それには多美さんが答える。

「湯むきすればだいじょうぶです。やわらかくなってちょうどいい」

「じゃ、そうしてやって」

「哲蔵さん、もう完全に農家ですよね」と徳弥さん。

「そうだな。やってみるとおもしろくて、畑、どんどん広がってくよ。あれもこれもとなって」

哲蔵さんは、去年定年退職した元消防士。徳弥さんが棒高跳びに失敗して片見川で流されたときも駆けつけた。奥さんを病気で亡くし、子どももいないので、ずっと一人で住んでる。

レジ袋を多美さんに渡しながら、哲蔵さんが言う。

「お、誰かと思ったら、海平じゃねえか」

「どうも」

「夏休みか?」

「はい」

「もう働いてんだよな?」

「いや、えーと、ちょっといろいろありまして。まだ大学生です」

「何だ。そうなのか」と言うだけ。哲蔵さんはそれ以上訊いてこない。「海栄さんと鈴子さんにあんまり面倒かけんなよ。初子ばあちゃんにもな」

「はい」

「じゃ、帰るわ」

「哲蔵さん、お茶一杯ぐらい」と多美さん。

「いい、いい。露ちゃんによろしく。あと、徳善にも。そんじゃ」

哲蔵さんはあっさり帰っていく。

こんなふうに、この寺には多くの人が来る。門徒さんもいれば、それ以外もいる。ふらっと来て、徳弥さんや露子さんと立ち話をして帰っていく。そんな人も多い。入りやすいのだ。まさに門が開かれてて。

「あ、そうだ。海平さ」と徳弥さんが言う。「あとでシバの散歩、行ってくんない？」

「シバ？」

「裏の若月《わかつき》さんのとこの柴太郎《しばたろう》」

「あぁ。柴犬」

「と見せて、実は雑種な。値段が安いからっていうんで、そっちを買うことにしたんだ。さすがショウじいちゃんとムツばあちゃん」

若月昭作《しようさく》さんと睦さんだ。八十代の夫婦。二人暮らし。

「だからシバヅラはしてっけど、純粋な雑種だよ。その値段を見てぴんと来た。一期一会だ。とショウじいちゃんが言ってた。まあ、一期一会じゃねえんだけどな。そのあと飼っちゃってから」

「散歩は、いつも徳弥さんが行ってるんですか？」

「おれと多美と母ちゃんで。そんときに行ける人が行くって感じだな。ショウじいちゃんとムツばあちゃんはもうあぶない。シバに引っぱられて転んだらケガしちゃうからな。今日はお前行って。そうめんおごってやったんだから、その分働け。動け」

「おそうめん」と多美さん。「門徒さんからのもらいものなんだから、お金かかってないじゃない」

「それはこっちサイドの話。海平には関係ない」

「何を偉そうに」と多美さんが笑う。

その顔を見て、こんな奥さんがほしいなぁ、と思う。もらえんのか、俺。もらえるにしても何年先なんだ、俺。

いや、マジで。

継男っちパターンで七十五歳になるんじゃないのか？　俺。

ビールを飲んでる、瓶じゃなく、ジョッキ。

JR片見里駅前の雑居ビル、その五階にある居酒屋『月見里《つきみざと》』にいる。同窓会なんかがよく開かれる店だ。

といっても、今日は同窓会じゃない。私的な飲み会。私的だが七人もいる。座敷。六人掛けの掘りゴタツ席に無理やり七人で座ってる。

由良克馬《ゆらかつま》と根木充久と松尾春人。大堀繭香《おおほりまゆか》と増永理々《ますながりり》と川又梓葉《かわまたあずは》。みんな、小学校中学校の同級生。克馬と梓葉は高校まで同じだ。片見里みたいな田舎だと、通える学校は限られるから、結構な確率でそうなる。

昨日、徳弥さんに言われて、若月さんのとこの柴太郎の散歩をした。糞の始末までちゃんとした。片見川沿いに歩き、石毛駿司が跳んだのがこの辺りだな、と思ったり、徳弥さんの友だちの谷田さんもそうだったのかな、と思ったりした。

そこへ、同じく犬連れの克馬がやってきた。犬種はラブラドールレトリーバー。洋犬だが名前は和。サスケだという。

柴太郎とサスケ、どちらもおとなしくしてたので、克馬とその場で立ち話をした。で、まさにその場で飲み会の話が出た。

俺は日曜に東京に戻るから、できるとしたら明日土曜。ならそうしよう、と克馬がＬＩＮＥでみんなにメッセージを送った。十分後にはもう、明日土曜十八時に月見里、と決まってた。店の予約も克馬がした。

で、今、こうなってる。六人のはずが、春人も来られることになったので、七人。

克馬は、農家の息子。父親と一緒に仕事をしてる。勤め人ではないから、金曜の夕方にサスケの散歩もできたのだ。徳弥さんと同じで、克馬はずっとこの片見里に住む。逆に言うと、家が寺や農家でもない限り、代々片見里に住みつづけるのは難しい。

充久は、県庁の職員。小学生のころから頭がよかった。中学生になってからも定期テストは常に一位。高校は地域一番の進学校に行き、大学は国立に行った。そして県庁に入った。スポーツ・文化観光部、にいるという。

春人は、カー用品販売会社の社員だ。前は片見里の店にいたが、今は隣の市の店にいる。土日が休みではないから今日も無理かと思ったが、海平が来るならと残業要請を振りきった。と、そう言われればうれしいが、それはちょっとうそ臭い。春人は単純に飲み会が好きなのだ。

続いて、女子たち。

薊香は、ややあせることに、俺の元カノだ。大あせりではない。ややあせり。中学時代の元カノだから、特に何もなかったのだ。元カノと言っていいかもあやしいくらい。一応、告白はしたし、オーケーももらった。メールのやりとりもしたし、デートもした。体には指一本触れてない。デートのときはお互いに緊張してたから、手をつなぎさえしなかった。今は駅前のエムザにあるアクセサリーショップに勤めてる。いわゆるパワーストーンも扱うという。別にあやしくはないからね、と変な言い訳をしてた。

その薊香と昔から仲がよかった理々も、エムザにあるスマホショップに勤めてる。キャリアではなく、格安スマホのほうだという。

さらには梓葉も、エムザにある育児用品店に勤めてる。薊香と理々とはちがって正社員だが、まずは販売からとのことで店舗にいる。

と、そんな地元の友だち情報をあれこれ知ったあとで。

ついに充久が俺に言う。

「海平、仕事はどう？　運送会社」

「大手だよな」と春人が言い、

「大手も大手。最大手じゃん？」と克馬も言う。

あぁ、と思う。こいつらは知らないのだ。言ってないから、知ってるわけないけど。結果、こんな場で自分から言う羽目になった。キツい。

ジョッキのビールをグイッと飲んで勢いをつけ、言う。

「俺、今、大学五年生」

あ？　は？　ん？　といった声があちこちで上がる。みんな、俺を見て、きょとんとする。

「大学院に行ったってこと？」と充久が尋ねる。

「じゃなくて。留年したってこと。就職はなしになったってこと」

一瞬の間のあと。

「うわ。やったな、海平」と克馬。

「やっぱお前はやるやつだよ」と春人。

「それは、やるの意味がちがうよ」と充久。

女子たちは何も言わない。あらま～、という目で俺を見るだけだ。

でも、まあ、その程度。だからどうってことはない。場の雰囲気が暗くなることもない。

みんな、ただ驚いただけ。

俺はさらに説明した。卒論を書きだしてから内定を取り消されるまでの一部始終を。自虐の笑いも交えて。

「海平、うそみたいにアホだな」と春人が言う。「でもさ、その運送会社には就職できないだけだろ？　大卒の肩書までなくなるわけじゃねえじゃん。おれは高卒だから、それだけでうらやましいよ。高卒じゃ下手に転職とかできねえなって、やっぱ思うし」

「松尾くん、転職を考えてるの？」と梓葉。

「考えてはいないよ。したくなってもしづらいって話。おれは死ぬまでカー用品を売ってくよ。自動運転になったらなったで何かしら必要なものは出てくるだろうし、人が車に乗らなくなることはないだろうから。まあ、カー用品を人が売る必要がなくなるってことは、あるかもしんないけど」

「それ、こわいよね」と理々が言う。「スマホもそう。もう機種変更までネットでできるから、お店、いらないよ」

「ほんと、こわい」と繭香も言う。「ＡＩがあなたにぴったりなパワーストーンをご提案、なんてことになっちゃう」

「それでリストラとか、マジで勘弁してほしいよな。そんなんじゃこわくて結婚もできないよ」そして春人は言う。「あ、結婚といえば、ウチに入った新人ができちゃった結婚したよ。高卒の新人だからまだ十九なのに。北川響《きたがわひびき》。海平、家、近いよな？」

「近いね。五軒先、だな」

響くん。知ってる。三歳下だから中学や高校で重なったことはないが、小学校は同時期に通ってた。一緒に遊んだこともないが、会えばあいさつはする。なかなかのイケメンだ。

それが。十九で、できちゃった結婚。

すげえな。あっという間に追い抜かされた。

それから、話は小学生や中学生のころのことに移った。中学で生徒会長を務めた充久が初めてクラス委員をやったのは意外にも小学五年のとき、なんて話だ。

「それまではうまく避けてたからね」と充久は言った。「ほかの誰かを推薦したりして」

「小学生なのにそんなことしてたの？」と梓葉。「さすが根木くん。策士」

「でも小五でついに断念。いやいややったのに、海平に言われたよ。クラス委員だからって調子に乗んなって」

「は？　俺、そんなこと言った？」

「言った。でもおれをクラス委員に推薦したの、海平だからね」

「何、俺、そんなこともした？」

「した。充久、いつまでも逃げきれると思うなよって言った。それで断念」

「バチが当たったんだな、海平」と克馬。「だから卒論を出せなかったんだよ」

「遅《おせ》ぇよ、バチ」と俺。「遅すぎるし、デカすぎるよ」

「でも委員とか議員とかそういうのは、やっぱふさわしいやつがやるべきだよな」と春人がまともなことを言う。「充久さ、いずれ市議とかに立候補すれば？」

「いやだよ。立候補するなら県庁を辞めなきゃいけないし」

「え、そうなの？　立候補するだけで？」

「うん。前にもそういう人がいたらしいよ。堀川丈章《ほりかわたけあき》さん。ほら、片見里警察署長の息子さん」

「へぇ。今、市議なの？」

「いや。結局、市議選には出なかったみたい」

「県庁を辞めたのに？」

「そう」

「何で？」

「そこまでは知らないけど」

「辞めて、今は何してんの？」

「東京で代議士の秘書をしてるって話」

「代議士って、国会議員？」

「そう。衆議院議員」

「すげえな。警察署長って、そんなコネもあるんだ？」

「人によるだろうけど。コネかどうかも知らないし」

「まあ、国会議員とは言わないけど。市議なら受かんじゃね？　充久でも」

「受からないよ。そんなに甘くないでしょ」

「父親が高校の校長。印象はいいじゃん」

「警察署長ほどではないよ」

充久なら本当に受かるかもな、と思う。そうなったらいい。なったらなったで、充久はちゃんとやるだろうし。

中学の生徒会長のときもそうだった。充久は校長にかけ合って、文化祭でのお笑いライヴを実現させた。ともにお笑い芸人志望の浦《うら》と越《こし》の三年生男子コンビウラコシを中心に据え、イベントとして見事に成功させたのだ。やるな、とかなり感心した。

それから俺は、六人に石毛駿司の話をしてみた。片見川を棒で跳び越えた駿司、三ヵ月しか片見里にいなかった駿司だ。

女子たちは三人とも忘れてた。言われて思いだした、という感じ。克馬も同じ。でも駿司が跳んだあの現場にいた春人と充久は覚えてた。

「おぉ、石毛。サーカスの」と春人は言い、

「あれはすごかったね」と充久は言った。

「確かにすごかった」と俺。「いきなり跳んだもんな」

「そうそう。躊躇《ちゅうちょ》なし」とこれも充久。「おれ、跳べるかな、でもうスタート。はっきり覚えてるよ。ちょっと感動したもんね、おれ。両親どっちもサーカスの団員だったけど、空中ブランコをやってたとかではないよね？」

「母ちゃんが綱渡りくらいはやってたよ」

「あ、そうなの？　じゃあ、やっぱり、素養というか、素質はあったんだ」

「たぶん」

「何してんのかな、今」

「さあ」

「一年に三、四回転校してたんだもんね」

「ああ」

「片見里のこと、覚えてるかな」

「どうだろうな」

「覚えててほしいけどね」

覚えててほしい。が、難しいかもしれない。例えば転校二十回なら。駿司にとって片見里は二十一分の一だから。

九月　中林継男、謝罪に行く

人は老いる。徐々にだが、必ず老いはする。

これがいきなりだったら相当厳しいだろう。体も厳しく、心も厳しい。うまくできているのだ。そうはならないように。死を少しずつ受け入れていけるように。

どうにか七十五歳までは来た。

もういつ死んでもいいと思っている。と言うのは簡単。おれもたまに言う。まさに気軽に言ってしまう。だがそれは、まだ近くに死がないからだ。八十代でも、死にたくない、と病床で人は言うらしい。死に直面すると、やはりそうなるのだ。生きるというのは本能だから。

菅の訪問を受け、時折そんなことを考えるようになった。

あれから動きはない。秋口刑事の再訪はないし、菅の再訪もない。おれは誰かに襲われたりしていないし、それは次郎も同じ。

このままいってほしい。

ちょうどそう思っていたときにインタホンのチャイムが鳴り、ドキッとした。

といっても、ウィンウォーンというその音に驚いただけ。訪ねてきたのが秋口刑事でも菅でもないことはわかっていた。約束をしていたのだ。喫茶『門』で待ち合わせをしたときのように。午後三時と。

またあの喫茶店でいいですか？　と田渕海平に電話で言われたので、いいよ、と言いかけてこう言った。おれの部屋でいいよ。わざわざ喫茶店で会うこともないと思ったのだ。同じ片見里の人間だし。男だし。

海平は、午後三時五分にやってきた。

「また遅刻だぞ」とおれは言った。

「いや、家なんだからいいでしょ」と海平。「五分は遅刻じゃないよ」

「五分は遅刻だよ。一分でも一秒でも遅刻は遅刻だ。入社面接のときもそうするか？」

「それは、しないけど」

「だったらいつも遅刻しないようにしろ。この人なら遅刻してもいい。この人ならダメ。そんなふうに人を区別するな。そういうのは、必ず相手に伝わるから」

「わかったよ。次はちゃんと来る。ほら、入れてよ。もしかして、遅刻したから入れない気？」

それにはつい笑う。

「入れ。適当に座れ」

海平が靴を脱いでなかに上がる。ダイニングキッチンを通り、和室に入る。

「適当にって言うほど選べないじゃん。座布団に座るしかないし」

そう言って、その座布団に座る。座卓を挟んで置いた二つのうちの一つだ。

「ここに一人で住んでんの？」

「ああ」

「ベッドはないんだ？」

「和室だからな」

「ばあちゃんは和室にベッドを置いてるよ」

「そうすると部屋が狭くなる」

「じゃ、何、毎日布団を上げてんの？」

「上げてるよ」

「大変だ」

「普通だろ」

このあたりでやっと気づいた。海平が敬語でないことに。前回は敬語で話していたような気がする。まあ、このほうがおれも楽だが。

昨日の夕方、海平が電話をかけてきた。名前で登録しておいたのでそうだとわかった。名前で登録。それは、スマホの操作でおれができる数少ないことの一つだ。

「麦茶でいいか？」

「うん」

ペットボトルの麦茶を注いだ二つのコップを座卓に置く。

「ほれ」

「どうも」

おれも海平の向かいに座り、尋ねる。

「で、今日は何だ？」

「何ってこともないよ」

「用もないのに来ないだろ」

「いや、ほんとに用はない。ただ、これを持ってきた」

海平は手提げひも付きの紙袋をおれに渡す。

「何だ？」

「ウイスキー。こないだはみやげもなしだったから」

「いいのか？　もらって」

「いいよ。どうぞ」

紙袋から中身を出す。ボトルが入った箱だ。

「遠慮なく」と言って、包装紙をはがす。

出てきたのは、ブッシュミルズのシングルモルトの十年。ラベルは緑。スコッチではない。若い人が好みそうなバーボンでもない。

「アイリッシュだ」

「ん？」

「アイリッシュウイスキー」

「そうなの？」

「そう。知らないで買ったのかよ」

「知らないで買った。俺、ウイスキーは居酒屋のハイボールしか飲まないし。同じ名前で白いラベルのやつもあったんだけど、高いほうにしたんだ。その分うまいだろうと思って」

「ほんとにいいのか？　バカ高くもないけど、安くもないだろ」

「いいよ。人にあげるものでケチるな。って、これ、親父の教え。お盆に帰ったとき、ばあちゃんにもこづかいをもらったし」

「でも今はアルバイト暮らしなんだろ？　だいじょうぶなのか？」

「どうにかかね。甘いもんは食うかわかんなかったからこっちにした。酒は飲むんだよね？『とりよし』に行くくらいだし」

「最近はそんなには飲まないけどな」

「そうなの？」

「この歳になったら、もうそんなには飲めない。でも飲むよ。ありがたく頂く」

「焼酎とウイスキーで迷ってウイスキーにしたんだよ。そっちっぽいなと思って」

「おれは、そっちっぽいのか？」

「ぽいね」

「どうして？」

「俺もよくわかんないけど」

そんなことを言って、海平は笑う。

おれもつられて笑う。

田渕初子にしてみればかわいい孫なのだろうな、と思う。

「お盆に帰ったのか、片見里に」

「うん。毎年そうしてるよ。盆と正月には帰る。向こうで徳弥さんに会ったよ。ウチに法話に来てたから。そのあと、呼ばれて善徳寺にも行ったし。死ぬほどそうめんを食わされた。

子どもの顔も見てきたよ」

「子ども？」

「うん。徳弥ジュニア。トクゼンくん」

「生まれたのか」

「知らないの？」

「ああ。もう門徒ではないからな。帰ることもないし」

「善徳寺の善徳をひっくり返して徳善くん。かわいかったよ。奥さんに似てた」

「そうか。じゃあ、善徳寺もしばらくはだいじょうぶだな」

「でもさ。生まれたときから将来の坊主決定。それって、どうなんだろうな」

「どうとは？」

「安定してるというか、食いっぱぐれることがないって意味ではいいかもしんないけど、ほかの道を選べないわけじゃん。十代ですごくやりたいことができちゃったらどうすんだろう」

「あぁ」

「って、自由も自由なのに二十代でまだ道を決められてない俺もどうなのよって話だけど。ちなみにさ、中林さんはどうだった？　決められた？　というか、いつ決めた？」

「大学をやめたときかな」

「えっ。やめてんの？　大学」

「やめてるよ」

「卒業して、ないわけ？」

「ないよ。中退だ。父親が死んだからな、そうせざるを得なかった」

「そうなんだ。当たり前に卒業したもんだと思ってた。ばあちゃんも、東京の大学に行ったって言ってたし」

「やっぱりおれは、大学に行ったことになってるのか」

「すごくいい大学に行ったことになってるよ。実際、いいよね？　俺んとこにくらべたら」

「そんなに変わらないだろ」

「変わるよ。就職できる会社も大ちがい」

「今も出身大学でそこまで変わるのか？」

「変わるね。それで面接にたどり着けなかったりもするし。大学名で足切りみたいなことはしてないって会社は言うんだけどさ、いや、どう見てもしてるでしょって、学生は思うよ」

「そうなのか」

「だから俺、就活はがんばったんだけどなぁ。で、そこそこの結果を出せたんだけどなぁ。

最後に地獄が待ってたよ」

「まだ、地獄なのか？」

「まあ、地獄だね。状況は何も変わってないわけだから」

「地獄にいるようには見えないな」

「見せてないだけ。顔で笑って心で泣いてるよ。もう、号泣」

海平は二十二歳。肌に張り艶があるその顔をまじまじと見て、おれは言う。

「お前は地獄になんていないよ」

「ん？」

「石ころにつまずいて転んだ。その程度だろ」

「いや、まさか」

「せいぜい、石が大きくて転び方も派手になったというぐらいだ。二十二歳ならそれで死にはしない。おれの歳だと、転んで死ぬこともあるけどな」

「でも大学の四年が無駄だよ」

「無駄ではないだろ」

「プラスの一年は無駄だよ。そのプラスの一年が、四年の価値を下げちゃう」

「お前、就職するためだけに大学に行ったのか？」

海平はあっさり言う。

「そうだよ。みんな、そうでしょ。中林さんはちがった？」

「ちがいはしない。でもそれがすべてではなかったな」

「俺だって、すべてではないよ。百のうちの九十八くらい。で、何、中林さんは大学をやめて、そこで道を決めたわけ？」

「決めたというか、自動的に決まった感じだな。働くしかなかった」

「会社に入ったんだよね。こないだはそこまでしか聞けなかったけど。何の会社？」

「学習教材を売る会社だな」

「通信講座みたいなの？」

「それとはまたちがうけど、途中からはそういうのも扱うようになった。後発だったから弱かったけどな」

「その仕事は、やりたかった？」

「やりたかったというか、やってみようとは思ったよな。自動的に決まったとは言っても、一応は自分でその会社を選んだわけだし」

「でもそこはつぶれたんだよね？」

「そう。四十すぎでな」

「で、次の会社に入ったんだ？」

「二十社以上まわって、どうにかな」

「それは、何の会社？」

「ポリ袋をつくる会社だな」

「ポリ袋！　が好きなわけでは、もちろん、なかったよね？」

「なかったな。でも楽しかったよ。四十を過ぎたおれを拾ってくれた会社だし、やれることはやろうと思った。結果、ポリ袋も好きになったよ」

「そこは、最後まで？」

「ああ。定年までいたよ。いさせてくれた」

「そうかぁ」と言い、海平は麦茶をゴクゴク飲む。コップは空になる。

おれは立ち上がってダイニングキッチンの冷蔵庫のところへ行き、麦茶のペットボトルを出して、戻ってくる。そして海平のコップに二杯めを注ぐ。

「あ、どうも」

「これ、置いとくから、飲みたいだけ飲め」

「うん」

キャップを閉めたペットボトルを座卓に置き、また海平の向かいに座る。

「まあ、とにかく。ばあちゃんがよろしく言ってたよ。中林さんが元気ならよかったって」

「おれも初子さんが元気ならよかった。やっぱりよろしく言っといてくれ。お互いこれからもがんばりましょうって」

「うん。でさ、何か困ってること、ある？」

「は？」

「何かしてほしいこと、ない？　買物でも何でもいいよ」

「何だ、それ。御用聞きかよ」

「実は、ばあちゃんにこうも言われたんだ。えーと、言われたとおりに言うよ。中林くんが何かで困ってたら、たすけてあげて」

「お前、人をたすけてる場合じゃないだろ。その前に自分をたすけろよ」

「そうなんだけどさ。俺も何かしてると気が紛れるし。そのなかから俺にとっていい何かが見つかるかもしんないし。何でも言ってよ。俺、たぶん、中林さんよりは速く動けるし、中林さんよりは重いものも持てるから」

速く動ける。重いものも持てる。微妙に失礼な言いまわし。

気にはならないが、一応、おれは言う。

「お前さ、今日、何の日か知ってる？」

「ん？　何の日？」

「九月の第三月曜日。敬老の日だよ。おれを敬う日だよ」

「あ、祝日だ。だから、来るときの荒川線とかも何かゆったりしてたんだ。スーツの人も少なかったし。俺、もうほとんど大学に行かないから、曜日の感覚がないんだよね。バイトの絡みで土日を意識するくらい」そして海平は言う。「でもそうか、敬老の日か。ならちょうどよかった。ウイスキー。みやげ兼敬老の日のプレゼントね」

荒川区西尾久を行く。リニューアルオープンに向けて長期休園中のあらかわ遊園の近くだ。そして新しい一戸建ての家々に交ざる古びたアパートよもぎ荘にたどり着く。

午後五時半。近いので、特に連絡はしていない。ただブラブラと歩いてきた。

旧型のチャイムを鳴らす。ピン、ポン。

「次郎。おれだ」

またあいつらかと思われないよう、すぐに声もかける。

「ナッカン？」

「ああ」

すぐにドアが開き、次郎が顔を出す。一応、きちんとカギをかけてはいるらしい。

「どうした？」

「ちょっとな。入っていいか？」

「いいよ」

部屋に入る。

寝てはいなかったようだが、いつものように薄っぺらな敷布団は敷かれたままだ。次郎はこれを座布団代わりにもしている。

「電気つけていいか？」

「つかないよ。止められてる」

「ほんとかよ」

「うん。電気代を払ってないから」

「忘れたのか？」

「いや。あえてかな」

「あえて？」

「払わなかったら止めますよって通知も来たんだけど、まあ、いいかと思って」

「何でいいんだよ」

「ほら、もう扇風機をつける必要はないから、しばらくはだいじょうぶかと」

「ダメだろ。冷蔵庫もあるんだし」

「今は空っぽにしてるよ。電気は止められても、水は飲めるしね」

「だからって。夜は暗いだろ」

「街灯が近いから、雨戸を閉めなきゃぼんやり明るいんだよ。じき目も慣れるし。前にもやったことがあるんだ。寒くなったら無理だけど、この時期は平気。節約になるからたすかるんだよ」

「こういうのを節約と言うなよ」

「別にさ、金がないわけじゃないんだ。いや、ないことはないんだけど、まったくないわけじゃない。ただ、何かあったときのためにちょっとは残しとかなきゃいけないから」

「今のこの状況は、何かあったとき、だろ」

「いや、まだまだ。この先もあるよ。これが底じゃない」

そんなことを言って、次郎は笑う。こんなときにも笑っていられるのが次郎だ。小学生のころからそうだった。次郎はいつも笑っていた。誰かとケンカをしても、終わればすぐに仲直りし、また笑っていた。

おれ自身、これをするのはどうかと思っていた。だが迷いは消えた。ズボンのポケットから茶封筒を出し、次郎に差しだす。

「ほら、これ」

「何？」

次郎が受けとり、なかを見る。

「金？」

「つかえ。二十万ある」

「何で？」

「何でってことはない。生活費にしろ」

「でもおれ、すぐには返せないし」

「貸すわけじゃない。返さなくていい。おれのためだと思って、もらってくれ。おれがこうしたいんだ。次郎はいやかもしれないけど」

「いやでは、ないけど」

「ただ、もう二度とあんなことに手を出さないとはっきり約束してくれ」

「約束はするけど。おれの約束なんかに二十万の価値はないよ」

「おれは家族がいないから、このぐらいのことはできる」

「おれも家族はいないよ」

「次郎はいるだろ」

「いることになってないよ。おれにはなってるけど、愛乃にはなってない。愛乃は、自分に父親がいるとは思ってないよ」

「思うも思わないもない。いるんだから」

次郎が敷布団に座る。

おれも畳に座る。もう何年も替えられていないであろう、ささくれた畳だ。

おれは知っている。片見里総合病院に勤める看護師の愛乃ちゃんは次郎の誇りだ。誇りにして、宝だ。

愛乃が片見里の役に立ってると思うとうれしいよ。おれじゃなく、母親に似てくれてよかった。ほんとによかった。

次郎は酔うとそんなことを言う。普段は言わないが、度を越して酔ったときは言う。気持ちを抑えられなくなるのだ。

おれはまさに今の今思いついたことを言う。

「次郎」

「ん？」

「牛島さんに謝りに行こう。きちんと謝って終わりにしよう。今から行こう」

「今から？」

「ああ。今出れば六時半には着ける。それならそんなに遅くないだろ。行って、ただ謝る。帰りに、明るいとこで晩メシでも食おう」

次郎は反対しない。渋りもしない。

ということで、すぐによもぎ荘を出た。

都電荒川線で町屋駅前まで行き、町屋からは京成本線でお花茶屋へ。

駅からの途中にある洋菓子店でシュークリームとケーキを買い、箱に詰めてもらった。前回まんじゅうを出してくれたから、しのいさんは甘いものが苦手ではないだろうと思ったのだ。和洋のちがいはあるが、今回も何せ急な訪問、そこまでは考えていられなかった。

そしてさらに歩き、牛島さん宅へ。

不在ならそれでもいい。ほかに家人がいるならそれでもいい。そんなつもりでおれがインタホンのボタンを押した。ウィンウォーン。

前回同様、数秒後に女性の声が聞こえてきた。

「はい」

「突然お訪ねしてすいません。以前牛島さんにお世話になった中林継男という者です。えー と、お金を受けとりに来て、牛島さんにたすけていただいた中林です。お茶やお菓子まで出していただいた中林です」

「あぁ。中林さん」

「しのいさん、でいらっしゃいますか？」

「はい。そうです」

「あのときは本当にすいませんでした。お世話になりました。またいきなり押しかけてすいません。あらためて謝りに伺いました。お金を受けとりに来るはずだったわたしの知り合いも連れてきてます。本人も謝りたいと申してますので、少しだけお時間を頂けないでしょうか」

「あらあら。どうしましょう」

「こんなことを言うのも何ですが、今のこれはだいじょうぶです。まったくあやしくないです。もしご不安なら、このままでも結構です。すぐすみますので、どうかお話だけお聞きください。少しでもおかしなことがあったら、すぐに警察をお呼びください」

「いえ、そんな。ちょっと驚いただけですよ。じゃあ、玄関まで来てくださる？」

「はい。よろしいですか？　入ってしまって」

「どうぞどうぞ」

インタホンがプツッと切れる。

次郎と二人、門扉を開けて入っていく。敷石を歩き、玄関の前に立つ。

すぐに引戸が開き、しのいさんが顔を出す。元気そうな顔。笑顔。

それを見て、まずほっとする。

おれに紹介されるのを待たず、次郎が言う。

「星崎次郎といいます。あのとき、本当はわたしが伺うはずでした。でもぎっくり腰になってこのナッカンに、じゃなくて中林くんに押しつけてしまいました。すいませんでした」

そして次郎は深々と頭を下げる。

「すいませんでした」とおれも続く。

頭を下げたまま、さらに次郎が言う。

「本当に、すいませんでした」

「もういいんですよ。あのとき中林さんにも謝っていただきましたし」

「でもおれは、じゃなくてわたしは、もし伺ってたら、当たり前にお金を受けとって帰るつもりでした。そうならなかったのはナッカンが、中林くんが代わりに行ってくれたからで。謝ってすむことじゃないと思います。でも、本当に本当に、すいませんでした」

「強盗のことを新聞で読みました」とおれも言う。「そのあとすぐに伺うべきでした」

「でも強盗とあなたがたは関係ないでしょ？」

「関係はありませんが。もしかしたら、それもあのことと無関係ではないのかと。牛島さん、だいじょうぶでしたか？」

「ええ。宅配便と言われてこの戸を開けたらいきなりだったんで、びっくりはしましたけど」

「刃物を突きつけられたりは」

「それはなかったです。手荒なことはしたくないと言われて。わたしに何ができるわけじゃなし、すぐにお金を渡しました。そのあとに、ガムテープみたいなので手と足を縛られただけ。だから、そんなにこわいこともなかったですよ。年寄だから、その辺の感覚も鈍ってるのね」

「犯人が捕まったりは、してないんですよね？」

「警察からは何も言われてないです。捕まったら連絡してくれるものなのかしら」

「おそらくは」

「こんなとこじゃ何だから、上がりますか？　またお茶を入れますよ」

「いえいえ。そんなことをしていただく立場ではありませんので。それは前回もそうでしたが。これだけ、どうかお納めください」

そう言って、洋菓子の詰め合わせを渡す。

「あら、いいんですか？」

「はい」

箱を見て、しのいさんは言う。

「ここのシュークリーム、好き」

「よかったです。シュークリーム、入ってます」

「うれしい。あとで頂きます。ありがとう」そしてしのいさんは言う。「で、そうそう。ごめんなさいね。お金をとられたあと、あなたのことを話しちゃったわよ。やっぱり、警察にうそはつけないから。すぐにではないんだけど、七月ぐらいかしら、刑事さんが訪ねてこられたの。強盗に入られる前に何かおかしなことはありませんでしたか？　なんて細かくあれこれ訊かれたもんだから、つい」

「言っていただいてよかったです」

訪ねてきたのは、おそらく秋口刑事だろう。だからおれのところへも来たのだ。

「牛島さん」と次郎が言う。「ナッカンは少しも悪くないんです。悪いのはおれです。今こうやって来たのも、ナッカンに言われたからですし。本当に、悪いのはおれだけです」

「あなたも、悪いことだとは知らなかったんでしょ？」

「いえ。薄々は知ってました。知らなければ悪いことじゃないんだと、自分に言い聞かせてました」

「あなたはね、悪くないですよ」

「いえ。おれは悪いです」

「悪かったのは少しだけ。本当に悪い人ならね、今ここにはいませんよ」

「それは、このナッカンが謝りに行こうと言ってくれたからで」

「でも断ることだってできたでしょ？　あなたは断らなかった。それでいいんですよ。謝りに行こうと言ってくれるいいお友だちがいるならね、それはやっぱりあなたが悪い人ではないからですよ」

次郎はもう何も言わない。黙って、ただ頭を深く下げる。

おれもそうする。次郎に負けじと、頭を深く深く下げる。

こんなことは、ない。こんなにも恵まれることは、ない。

「本当に上がらなくていい？　お茶、すぐ入れますけど」

ありがたいその言葉だけを頂いて、おれと次郎は牛島家をあとにした。

お花茶屋駅へ戻るあいだに考えた。

来てよかった。こうすることを次郎の部屋で思いついてよかった。ずっと何かが心に引っかかっていた。しのいさんにきちんと謝る。これだったのだ。

改札を通ったところで、次郎がぽつりと言う。

「歳上の人と話すと、何か安心するよ」

おれもそう思う。おれらにはもう歳上の人は少ない。練馬のカフェで小本磨子も言っていた。この歳になると、歳上は貴重だ。


「ナッカン、ありがとう」

「いや。おれ自身が牛島さんに謝りたかっただけだ」

「そのことだけじゃなく。金も」

「あぁ。返さなくていいからな。借りたとは思うなよ」

町屋で牛丼を食べ、近くのコンビニで電気料金を払わせて、次郎とは別れた。

次郎は都電荒川線に乗り、よもぎ荘へ帰っていった。

おれは、せっかくなので駅前のスーパーに寄った。明日の納豆やもずく酢を買うつもりだった。

もう午後八時を過ぎていたが、さすが駅前、店はそれなりに混んでいた。

あれこれ見ながら通路を歩いていると、角でほかのお客とぶつかった。手や肩がではない。

買物カゴ同士がだ。

「すいません」と謝った。

が、睨まれ、チッと舌打ちされた。一瞬、向かってくるのかと思った。

四十代ぐらい。スーツ姿の男。仕事帰りなのだろう。

歳をとると、こんなこともよくある。人とぶつかったりしないよう気をつけはするのだが、気をつけきれないのだ。やはり反射神経は衰えているから。

とはいえ。スーパーで買物カゴ同士がぶつかって、十ゼロで一方的にどちらかが悪いということもないだろう。だがこんな反応をする者は多い。おれはぶつかろうとしてない。なのにぶつかった。お前が悪い。そうなってしまうのだ。

磨子はだいじょうぶかな。と、ふと思う。

おれ同様、磨子も一人暮らし。買物にも一人で行くだろう。

七十五歳。女性。もう機敏には動けない。買物カゴがぶつかってしまうこともあるはずだ。

それに気づかないことだってあるはずだ。

何、ぶつかってんだよ。ぶつかってんのに何で謝んねえんだよ。とならなければいい。

相手が年寄だからこそ言う。言える相手だからこそ突っかかる。残念ながら、世の中にはそんな者も多いのだ。

買物カゴをつかいながら、結局買ったのは、まさに納豆ともずく酢。ともに三個パックのそれだけ。荷物が少ないので、都電荒川線には乗らず、軌道沿いに歩いて帰った。停留場二つ分。そうしたところでわずか十分。百七十円を払うのはもったいない。次郎ではないが、節約は大事だ。もう少し言えば、やり過ぎない節約は大事。

風見荘に戻ると、手を洗ってうがいをした。

あ、そうだ、と思い、つけたばかりの明かりを消してみた。雨戸も閉めたから、真っ暗。そこで何ができるか。ただ寝転んでいるしかない。それで何時間もは過ごせない。過ごそうとするなよ、次郎。

また明かりをつけたら、ウイスキーのボトルが目に留まった。海平にもらったブッシュミルズだ。

牛丼で腹はいっぱい。でも、飲んじゃうか。

飲んだ。ロックグラスのような気の利いたものはないから、普通のコップで。そこにダブルとまではいかない量を注ぎ、ストレートで。

ウイスキーは、やはりストレートが一番うまい。何かで割るのはもったいない。そして久しぶりにストレートで飲むそれは、やはり強い。最初の一口を飲んだだけでクラッと来る。ウイスキーを飲むのは久しぶりだが、千景さんのたくあんを除けば、人にものをもらうのも久しぶり。もらいものは、何であってもうまい。

あ、そうだ、とまた思い、また明かりを消す。

壁に寄りかかって座布団に座り、ウイスキーをチビリチビリと飲む。つまみなどいらない。特にウイスキーの場合は。

目を閉じる。

思い浮かぶのは次郎の顔だ。小学生のころの、笑っていた顔。それがゆっくりと今の顔に変わる。笑いはするが常に悲しみが混ざっているようにも見える今の顔だ。

次いで。もう会うことはないと思っていたが案外簡単に会えてしまったしのいさんの顔。ついさっき駅前のスーパーで思いだした磨子の顔。中学生のころの木暮初子の顔。孫の海平の顔。海平は大学五年生で、初子は中学三年生。祖母なのに、初子は海平よりずっと若い。

時が経ったのを感じる。記憶のなかでは時をさかのぼれることの不思議さも感じる。

目を開ける。

ウイスキーをもらったうえに悪いが、と思い、いや、もらったからこそか、と思う。

暗いなか、手探りで座卓のスマホをつかみ、海平に電話をかける。

アルバイト中なら出られないかもしれない。が、海平は出てくれる。

「もしもし」

「もしもし。中林だけど」

「うん。画面にそう出て驚いた」

「今、ちょっと話してもいいか？　仕事中じゃないか？」

「仕事中だけど、だいじょうぶ。ちょうど一軒配達を終えたとこだから。何？」

「ウイスキーを飲んだよ。今、飲んでる」

「あ、そう」

「うまいよ」

「ならよかった。何、その報告？」

「いや、そうじゃない」

「じゃあ？」

「お前、困ったことがあったらたすけてくれると言ったよな」

「言ったよ」

「おれな、ちょっと困ってる」

「え、どうした？　急を要すること？」

「急は要さない。ウイスキーを飲んでるくらいだからな」

「あぁ。そっか。じゃ、何？」

「お前、ネットに詳しいか?」

「特に詳しくはないよ。普通かな」

「いろいろ調べたりはできるか?」

「検索するってこと?」

「そうだな」

「まあ、普通にはできるよ」

「だったら、調べてほしいことがあるんだ。おれはまったくわからんから」

「そんなことか。いいよ。何?」

「まだ話してもいいか?」

「うん。十分も二十分もかかるんじゃなければ」

「じゃあ、手短に言うよ」

手短に言った。菅のこと、すなわち詐欺グループのことを。

手短とはいえ、きちんと調べてもらうために、きちんと説明した。次郎としのいさんの名前も出した。そして、二十三区東部で似たような事件は起きているのか、高齢者の受け子を募集するサイトがあったりするのか、そのあたりを調べてほしいと頼んだ。

「それって、何かヤバくない?」と海平は言った。

「ヤバいな。相当ヤバい。もちろん、お前は調べてくれるだけでいいよ。ただ、初子さんには言わないでほしい」

「言わないよ。というか、言えないよ」

「こんなことを頼めた義理じゃないんだけどな。若い知り合いがいないんだ。だから、頼む」

「いいよ。調べるだけなら危険なんてないし。たぶん、大したことはわかんないけど、やってみるよ」

「海平」

「ん？」

「無理はしなくていいからな。わからなかったらわからなかったでいいからな」

「うん。無理はしないよ。潜入捜査とか、そんなことはしない。したくてもできないし」

「ほんとにやめろよ」

「しないって。できないって」

「じゃあ、頼むな」

「了解」

「悪いな、結局長くなって」

「いや。腹が痛くなってコンビニでトイレを借りたことにするよ。ちょうどコンビニ、ここから見えてるし。そんじゃ切るよ」

「ああ」

切った。

本当に、頼ってしまった。

スマホの明かりを頼りに、コップにまだ残っていたウイスキーを飲む。チビリと。

今初めて、と思う。海平を海平と呼んだな、と。

十月　田渕海平、手伝う

ヤバいと継男っち自身も言ってたが、本当にヤバかった。

検索の達人でも何でもない俺でさえたどり着けるものは多かった。闇サイトもかなりある。俺自身がその気になれば、クスリだって買えそうだし、受け子だってやれそうだ。さっきまであったのにもうなくなってる。そんなサイトもある。よくないことをするメンバーが集まったら即閉鎖、という流れが容易に想像できた。

ただ、継男っちが言ってた菅なる男のことはわからなかった。詐欺グループのこともわからなかった。そんなものがあるのかも不明。

振り込め詐欺や強盗そのものは、二十三区東部に限らず、都内全域で起きてた。それは、新聞社その他のニュースサイトに当たるだけでわかった。俺自身が知らないだけで、結構あるんだな、と思った。

まあ、そんなふうに、検索して調べただけ。継男っちがわからないというので、代わりにやっただけ。

成果なし。

バイト中に継男っちから電話をもらったあと、バイト明けにこっちからかけ直し、ちゃんと調べたいからちゃんと教えてくれと言って、もうちょっと詳しいことを聞いた。継男っちはちゃんと話してくれた。俺よりはそっち方面に詳しい千代田区一番町の仁太にも、細かな事情は伏せて、調べてもらった。

なのに、成果なし。

もし中林くんが何かで困ってたら、たすけてあげて。

ばあちゃんは俺にそう言った。別にこんなことを想定して言ったわけじゃないだろう。それはわかってる。

でも。よくない。このままじゃ、何かよくない。

牛島しのいさん宅の強盗。それは事件になってる。継男っちや次郎さんの件と関係あるのかはわからないが、継男っちはあると思ってる。話を聞けば、素人の俺もそう思う。

その素人の俺に何かできるのか。できない。

人捜しは、できた。奇跡的に、継男っちを見つけられた。

だからといって、捜査みたいなことができるのか。できない。尾行みたいなことができるのか。できない。

ただ。つなぐことくらいはできるんじゃないか？　何と何を？　継男っちと探偵を。

思いつきで、今度はこれを検索してみた。谷田一時、探偵。

ヒットはしなかった。それはそうだろう。探偵の詳細な情報やキメ顔画像がバンバン出てきちゃマズい。

そこで早くも最終手段。

俺は徳弥さんに電話をかけ、谷田さんのことを訊いた。


碇探偵社。いかり、と読む。

事務所は中央区の京橋《きょうばし》にある。雑居ビルの一室だ。

俺はその碇探偵社を訪ねた。が、今いるのは事務所の近くのカフェ。しゃれた店だ。コーヒー一杯が千円もする。一番安いブレンドでもそれ。

「社長とか経営者とかが碇さんなんですか？」とまずは訊いてみた。

「いや。船の碇から来てるんだよ」と谷田一時さんが答えた。

錨は洋式の船につかわれる二本爪のもので、碇は和式の船につかわれる四本爪のもの、らしい。

「へぇ。何か、こう、つなぎ留める、みたいな意味なんですかね。人と人をつなぎ留める、とか」

「いや」とそこも谷田さんはあっさり否定。「ロゴマークのことを考えてそうしたみたい。ほら、碇って、絵にしやすいじゃない」

「海平、中坊《ちゅうぼう》かよ」と徳弥さんが言った。「何にでもいかにもな意味をつけようとすんな。世界はそんな甘っちょろいことだけで動いてるわけじゃねえんだよ」

それが坊主の言うことか、と言いたくなったが、我慢した。こうして谷田さんと会うことができたのは、徳弥さんのおかげなのだ。

といっても、徳弥さん自身が東京に出てくるとは思わなかった。おれがいたほうがいいだろ？　と徳弥さんは言うのだ。そのほうがスムーズに行くし、おれも久しぶりにイチに会いてえし。ついでに、継男さんにも次郎さんにも会ってみたいよ。

で、こんなことになった。まさかの徳弥さん同席。徳弥さん。谷田さん。継男っち。次郎さん。俺。

谷田さんも、いつもは事務所で依頼人と会うらしい。応接セットのイスに向かい合って座り、話を聞くのだ。たいていの依頼は受けるという。それが法に触れるものでない限りは。もちろん、依頼人が望んだ結果にならないこともある。結果そのものが出ないこともある。そうなる可能性もあると事前に説明したうえで、契約する。

俺らが事務所で会わなかったのは、そのほうがいいと谷田さん自身が考えたからだ。今回のこれは、言ってみれば、徳弥さん持ちこみのお友だち案件。会社への依頼となれば、ほかの探偵も内容を知ることになる。そうすべきかは話を聞いて判断しようと思ったのだ。つまり、継男っちと次郎さんに配慮して。

待ち合わせは午後二時。俺もさすがに遅刻はしなかった。

碇の話を聞いたあと、継男っちが事情を初めから説明した。

ひととおり終えると、谷田さんがあれこれ質問し、継男っちと次郎さんが答えた。

次郎さんは菅のことを知らなかった。顔を見たこともなかった。だから、アパートに菅が訪ねてきたと継男っちが言ったときは、かなり驚いた。継男っちはそのことを次郎さんに話してなかったのだ。

わかる気がする。

継男っちと次郎さん。二人の関係は、次郎さんに会う前から何となく予想がついてた。会ってみて、当たりだ、と思った。

親分と子分、ではない。次郎さんは失礼ながら子分タイプかもしれないが、継男っちは決して親分タイプじゃない。二人は、兄と弟、に近いかもしれない。同い歳。血のつながりはない。義理のつながりもない。でもそれが一番しっくり来る。たぶん、継男っちはほうっておけないのだ、次郎さんのことを。

継男っちが次郎さんを連れて牛島しのいさんに謝りに行ったこと。それは俺も知らなかった。ほかにも、初めて聞くことは多かった。多くが細かなこと。例えば、継男っちが次郎さんの代わりに金を受けとりに行ったとき、しのいさんがお茶やお菓子を出してくれたこと。次郎さんが自分の部屋で襲われたとき、口にタオルを突っこまれたこと。

しのいさんのお茶とお菓子の話を聞いたときは、ちょっとばあちゃんを思いだした。ばあちゃんなら同じことをするかもな、と思ったのだ。

次郎さんの口にタオルの話を聞いたときは、もう、嫌悪感しかなかった。苦しいからゲロを吐くのに、そのゲロさえ吐かせないって、何なんだ。

徳弥さんと継男っち。どっちを先にするかはすごく迷った。探偵に相談してみようと継男っちに言ってから徳弥さんにそのことを話すか、徳弥さんに言ってから継男っちに話すか。徳弥さんを先にした。継男っちが先だと、あっさり断られて終わり、になりかねないから。

探偵を紹介してもらうため、徳弥さんにはちょっと話した。俺が電話でそのことを告げると、継男っちはこう言った。そうか、徳弥くんならいいかもな。

継男っちと次郎さんへの質問もひととおり終えると、谷田さんは言った。

「やっぱり、会社を通さないほうがいいかもしれないですね」

「おれもそう思う」と何故か徳弥さんまで言う。

「お話を聞く限り、中林さんも星崎さんも、そこまでマズい立場ではないと思います。その秋口という刑事は、当然星崎さんのことも調べたはずです。中林さんからたどればすぐにわかるでしょうし。最初の未遂の一件にもすでにたどり着いてるのかもしれません。牛島さんに処罰感情がないので、いわばお目こぼしをしたのだと思います。その代わり、もう二度としないことです。関わらないことです」

「うん。それは」と継男っちが言い、

「二度としないよ」と次郎さんが続く。

「今はもう、向こうからの接触はないんですよね？」と谷田さんが尋ね、

「ないよ。あっても断る。また殴られても」と次郎さんが答える。

「たぶんとしか言えませんが、また接触してくるようなことはないと思います。余計なことはするなと中林さんに警告したことで、菅も終わりにしたんじゃないでしょうか」

「あれは警告？」と継男っち。

「そうですね。ただ、菅が中林さんを本気でスカウトしたことも確かだと思います」

「スカウト！」と俺はつい言ってしまう。

「そうでなければ、菅がわざわざ自分で出てくる必要はないですから。顔を晒す意味もないですし。中林さんを本当にいい人材だと判断したんですよ」

「いや、そんなことは」

「僕が牛島さんなら、警察に通報してますよ」

「おれもしちゃうな」と徳弥さんも同調する。

「中林さんは、自分で警察に通報することもできたのに、それもしなかった。星崎さんのためですよね？」

「それは」

「菅もそこを評価したんじゃないかと思います。自分ではしなかったし、牛島さんにも通報

させなかった。中林さんがおっしゃるように、牛島さんの人がよくてたまたまされなかったのだとしても、結果として、させなかった。それもすごいですよ。でも星崎さんのためにしなかったことのほうが、印象としてはよかったのだと思います。これも、僕だったら、その時点で星崎さんに自首を勧めてます。そうしないと自分の立場があやうくなりますからね。でも中林さんはそれもしなかった。警察にも反抗できるということです。そうできるということは、組織を守れるということでもあります」

「いや、別に警察に反抗したつもりは」

「わかってます」と谷田さんは笑う。「反抗は言葉が悪かった。対抗、ですね」

「いや、対抗も、したつもりは」

「はい。結果的にそんな形になっただけです。でもそんな結果を出せる人はそうはいませんから。菅は本気で中林さんをほしがったはずですよ。もしかしたら、多少は尊敬の念のようなものも抱いたかもしれません」

「まさか」

「だから襲わせなかったし、手を引きもしたんですよ。人としての敬意があったから」

「推測、だよね？」

「もちろん、推測です。とにかく、もう、星崎さんが殴られてからも中林さんが菅の訪問を受けてからも二ヵ月以上経ってます。今さらどうこうはないと考えていいような気がします。まあ、警察が派手に動いてるから今は潜伏してるだけ、という可能性もなくはないですが」

「そうだとしたらありがたい」と継男っちが言う。「ただね、またしのいさんのような被害に遭う人が出ちゃいけないから、できれば知りたいんだよ。菅や詐欺グループのことを」

「知って、どうします？」

「おれが警察に話すよ。秋口刑事にでも」

「そのときはおれも」と次郎さんが言う。

「いや、次郎はいい。菅と会ってるのも秋口刑事が訪ねてきたのもおれだから。次郎が話せることはない。次郎が知ってることはおれが全部知ってる」そして継男っちは谷田さんに言う。「ということで、お願いできないかな。もしあれなら会社の仕事にしてくれてもいいよ。おれは一人だし、お金もちょっとはあるから」

　谷田さんはとっくに冷めた千円コーヒーを一口飲んで考える。

「どうする？　イチ」と徳弥さん。

「やめましょう」と谷田さん。「会社は通さなくていいです。僕が個人的に調べますよ。交通費なんかの実費ぐらいは少し頂くかもしれません。でもそれだけでいいです。そういうことで、どうですか？」

「そうしていただけるなら、それはもう」

「よし。それでいこう」と徳弥さん。「といっても、おれは何もしないけど」

「しないんですか」と俺。

「しないだろ。ただの坊主に何ができんだよ。袈裟に衣で尾行か？　組織のアジトに乗りこんでドンパチか？」

「そこまで期待はしませんけど」

「充分だよ」と継男っちが言う。「まさか徳弥くんに探偵さんを紹介してもらえるとは思わなかった。そうでなかったら、考えもしなかったよ。考えたとしても、実際には頼まなかったと思う。まったく知らない人にこんな話はできないから」

「その意味じゃ、海平がいい仕事をしましたよ。グッジョブ、海平。お前、これまでで一番いい仕事をしたんじゃね？　大学五年生にして大仕事。内定の取り消され甲斐があったってもんだ」

「取り消され甲斐って何ですか」

と言いつつ、考える。

内定の取り消され甲斐。そんなものが本当にあればいい。ないのなら、せめて自分で生みだしたい。

そしてふと思いつく。その思いつきを、俺は整理しないまま口にする。

「あの、谷田さん」

「何？」

「こうなったからには、捜査とかするんですよね？」

「捜査ではなくて調査だね。僕らに捜査権はないよ。警察や検察じゃないから」

「その調査のためにあちこち行ったりは、しますよね？」

「するね」

「それに同行させてもらえませんか？」

「え？」

「一度だけでいいので」

谷田さんと徳弥さんが驚いて俺を見る。

継男っちと次郎さんまでもが驚いて俺を見る。

俺自身、驚いてる。言う。

「いや、何かいろいろやってみたいなと思って。知らなかったことを知りたいというか、経験したいというか」

「特別なことは何もないよ。尾行をする必要もないだろうし、もちろん、ドンパチもない。

僕らだって、銃やナイフを持ったら逮捕される側だからね」

「それでいいです。俺もドンパチは無理なんで。そうなったら速攻逃げますよ。だからむしろ好都合です。同行。ダメですか？」

「うーん」

「ほんとに一度だけ」

「どうすればいいかな」と谷田さんが徳弥さんに言う。

「海平さ」と徳弥さん。「お前、マジで言ってる？」

「マジで言ってますよ」

「ただちょっと見てみたいとか、探偵ごっこをしてみたいとか、そんなイベント気分じゃねえよな？」

「じゃないと思います」言い直す。「じゃないです」

「これはイチの仕事だからな。個人的に動くんだとしても、探偵社の社員であることに変わりはないからな。なまぐさ坊主を甘く見んのはいいけど、会社員を甘く見んなよ」

「見ないです」

「あと、これはまず何より、継男さんと次郎さんにとって重要なことだからな。自分が紹介したんだからいいでしょとか、そんなことは思うなよ」

「思わないです」

「これっぽっちも思うなよ」

「これっぽっちも思いません」

「ということだけど。イチ、どうだ？」

「僕はいいよ」と谷田さんはあっさり言う。「大したことをするわけじゃないし」

「ほんとですか。やった！」と俺。

「だから、やった！　とか軽く言うんじゃねえ」と徳弥さん。

そこで継男っちが意外なことを言う。

「谷田くん」

「はい」

「おれも、何かさせてもらえないかな」

「ダメです」と谷田さんはまたもあっさり言う。

それもちょっと意外。俺だけじゃなく、徳弥さんも驚く。次郎さんも継男っち自身も、驚いてるように見える。

「歳だから、足手まといになる？」と継男っちが尋ねる。

「それも少しあります」と谷田さんはためらわずに答える。「でも大きな理由はこれです。

中林さんは菅に顔を知られてます。面が割れてる人と一緒に動くわけにはいきません」

「あぁ」

「たぶん、顔写真も撮られてますよ」

「え？　そんなことは、なかったけど」

「会いに来たときにそうしたのではないかもしれません。でも仲間がいますからね。その仲間に撮らせてます。慎重ですよ、ああいう人たちは」

「タケアキみてえなもんだな」と徳弥さんが言う。

「タケアキ。どこかで聞いた名前だ。えーと。堀川丈章さん？　片見里警察署長の息子で、今は東京で代議士の秘書をしてるという。

「だからダメです。すいません」と谷田さん。

「いや。そういうことならしかたない」と継男っち。

「じゃあ、おれもダメだよね？」と次郎さん。

「ダメですね」そして谷田さんは言う。「田渕くんも、一度だけね」

「はい」

「まあ、特別なことは本当に何もないから、一度で充分だと思うけど」

コーヒーを飲み干して、継男っちが言う。

「これで話すことは話した。おれらはもう帰るよ。あとは、連絡を待てばいいんだよね？」

「そうですね」と谷田さん。

「海平は、谷田くんと打ち合わせをしていけ」

「うん」

「ではよろしくお願いします」

「こちらこそ」

「徳弥くんも、ありがとう。谷田くんとは積もる話もあるだろうから、ゆっくりしていって」

「積もる話はないですけどね」と徳弥さん。「そもそも四ヵ月しか一緒じゃなかったんで」

「そうなの？」

「はい」

「でも、まあ、四ヵ月あれば、積もるでしょ。子どものころの四ヵ月は長いよ」

「確かに」

継男っちは立ち上がり、パンツのポケットから財布を出して、谷田さんに言う。

「お金はあとで請求して。コーヒー代は、もちろん、おれが払うから」

「あ、いいですいいです。おれが出します」と徳弥さん。

「いや、そんな。いいよ」

「いいですよ、ほんとに」

「だって、徳弥くんはこの件に一番関係ないじゃない」

「でもこんなことがなきゃ東京には出てこられなかったんで。子どもが生まれてからは、なおのことそうなんですよ。今回は嫁の許可が出ました。イチに会うならいいと。継男さんと次郎さんにも会えてよかったです。だからいいです。ここはおれが出します」

「じゃあ、遠慮なく。ごちそうさま」

「ごちそうさま」と次郎さんも言う。

「いえいえ」と徳弥さん。

「海平も、ありがとな」

「うん」

継男っちは次郎さんとともに店を出ていく。

身長が百七十五センチくらいの継男っちと、百六十五センチくらいの次郎さん。やっぱ兄弟に見える。

二人の後ろ姿を見送って、徳弥さんが言う。

「海平、お前、そっちに移れ」

俺は継男っちと次郎さんがいた側に移る。高齢組と非高齢組に分かれて座ってたのだ。

徳弥さんが近くにいたウェイトレスに声をかける。

「すいません。この二つを下げてもらえますか？　あと、コーヒーのお代わり三つ、お願いします」

それから、谷田さんと俺が打ち合わせをした。

といっても、約束の日時と場所を決めるだけ。谷田さんが動ける日に俺が合わせた。水曜日の午後二時にＪＲ神田《かんだ》駅、上野《うえの》側の改札の外、コインロッカーの前。そう決まった。

打ち合わせは五分で終了。ちょうど届いた二杯めのコーヒーを飲みながら、俺は谷田さんに言った。

「でもすごいですよね、探偵なんて。俺、初めて会いました」

「すごくないよ。資格はいらないし、学歴もいらない」

「そうなんですか」

「一応、専門の学校があって、行く人は行くみたいだけど、僕は行かなかった」

「それは、どうしてですか？」

「お金がなかったから。現場で経験するのが一番だろうとも思ったしね」

「そう思えるのがすごいですよ」

「イチはすげえんだよ。考えたら、やっちゃう」と徳弥さん。

「マジですごいです。俺だったら、まずは学校に行ってとか、そんなふうに考えちゃいますもん」

「で、行ってんのに、卒論は出さないのな」

「出さないんじゃなくて、出せなかったんですよ。って、それはもういいですよ」そして俺は谷田さんに言う。「日本の探偵って、浮気調査ばっかり、みたいな印象がありますよね」

「印象だけじゃない。そのとおりだよ」

「やっぱそうなんですか」

「それが七割かな。あとは、それ以外の身辺調査とか」

「それ以外」

「不倫や浮気以外。雇おうとしてる人の身辺調査とか、取引しようとしてる会社の調査とか。会社のほうは経済に詳しい人がやるけどね。僕はまだ勉強中。あとは、失踪した人とか生き別れた人とかの調査かな」

「海平がやったやつじゃん」と徳弥さん。「見事に継男さんを捜しだした」

「そうなんだってね」と谷田さん。

「偶然ですよ」と俺。そしてついでに訊く。「その浮気調査とかって、成功するんですか？」

「するね」

「実際に、どのくらいが浮気してるもんですか？」

「八割だね」

「八割！」

「依頼者のほとんどがほぼ確信した段階で来るから、そうなるよね。実際、人は浮気をするし」

「海平さ」と徳弥さん。「谷田さんマジすげえとか、今探偵の調査に同行中とか、ＳＮＳに書いたりすんなよ」

「書きませんよ」

「それはリスペクトじゃねえからな」

「わかってますよ。まず俺、そういうのやってないですし」

「やってるやつに話したりもすんなよ。そういうのが一番あぶねえかんな。人に聞いた話だから自分に責任はないっていうんで、ロクに知りもしねえことを書いちゃう。そんなやつは山ほどいっから」

「気をつけますよ」と素直に言う。

それはそのとおり。そんなやつは山ほどいる。それで友だち関係がおかしくなることもある。気をつけなきゃいけない。

そのあとは、主に徳弥さんと谷田さんが話をした。

徳弥さんが善徳寺で預かってる谷田さんの父親の遺骨の話に、谷田さんが母親と二人で善徳寺にそれを預けにきたときの話。

その流れで、谷田さんの転校話も出た。やっぱ八回してるという。小学校で五回、中学校で三回。それでまた石毛駿司を思いだした。

「さっきも言ってましたけど。徳弥さんと谷田さんて、片見里で四ヵ月しか一緒じゃなかったんですよね？」

「ああ」と徳弥さん。

「にしては、仲よくないですか？」

「僕ら、仲いい？」と谷田さん。

「仲いいかって言われると、難しいな。お互いのことをあんまよく知らないし。けど、まあ、おれらは、自分たちにとって大事なことを一緒にやってっから。そういう経験を共有してっからな」

「それってもしかして。堀川さんのことですか？」

「おい、何だよ。すげえな、お前。何でそう思うんだよ」

「いや、さっき徳弥さんが、タケアキみてえなもんだなって言ってたから。堀川さんて、名前、丈章ですよね。徳弥さんと同級生だし」

「おれ、タケアキなんて言った？」

「言ってたね」と谷田さん。

「堀川さんて、こっちで代議士の秘書をしてるんですよね？」

「らしいな」と徳弥さん。

「いずれ自分もってことなんですかね」

「さあ。どうだかな」

　そう言って、徳弥さんはコーヒーを一口飲む。すぐに口を開くかと思えば、開かない。二口、三口とさらにコーヒーを飲む。

　訊いてしまう。

「何か、あるんですか？　堀川さんと」

「うーん。ないとは言わねえよ。人それぞれ、生きてりゃいろんなことがあるからな。あくまでも個人的なことだ。お前が知るべきことじゃない。といっても。勘ちがいすんなよ。別にヤバいことじゃないからな。おれは腐っても坊主。ヤバいことはしない」

「まあ、ちょっとはヤバいけどね」と谷田さんが笑う。

「こらこら。何を言いなさる」徳弥さんはコーヒーを飲み干して言う。「さてと。知り合いの寺へのあいさつまわりに行ってくっか。ビルとビルに挟まれた東京の寺。風情なし。でも逆にそれが風情。イチはまだ仕事だろ？」

「うん」

「終わったら飲みに行こうぜ。あのヤバい一件の思い出話でもしよう」

「そうだね」

「ヤバいって言っちゃってるじゃないですか」と俺。

「海平も行くか？　飲みに」

「俺はいいですよ。ヤバいお二人でどうぞ」

「おぉ。何、お前、遠慮とかできんじゃん」と徳弥さんが笑う。「おれはもう明日には帰るけど。継男さんと次郎さんのこと、頼むな」

「はい。って、俺は別に何もできませんけど」

「いりゃいいんだよ。お前はただそこにいるだけでいい」

「いるだけでいいって。ダメ人間みたいですね」

「あのな、自分じゃわかんねえみたいだから教えといてやるよ。お前はさ、いるだけで周りを明るくできるやつなんだよ。海栄さんと鈴子さん、それに初子ばあちゃんを見てればわかる」

「そりゃ家族はそうなるかもしんないですけど」

「継男さんを見てもわかるよ。あの人、お前が勧めたからイチに会う気になったんだぞ。お前だからだよ。おれは門徒さんをたくさん見てきてるからほんとにわかる。歳をとるとな、新しいことなんかできねえんだよ。何かを探偵に頼むなんてまず無理だな。お前が継男さんを動かしたんだよ」

「それはそれで、あんまりよくないような」

「だったらよくしろよ。お前がただそこにいりゃ、よくなっから。じゃ、行くか」

コーヒー代は本当に徳弥さんが払ってくれた。事情が事情だから、年少者とはいえ俺が払うべきであるような気もしたのだが、徳弥さんが素早く伝票をつかんでひと足先に席を立ってしまったのだ。

二人とは、カフェのすぐ前で別れた。

王子神谷に戻るべく、俺は京橋から日本橋《にほんばし》まで歩いた。

東西線《とうざいせん》に乗ると、乗り換えの飯田橋《いいだばし》に着くまでのあいだにスマホで、石毛駿司、を検索した。

その名前では何も見つからなかった。

が。念のために見たサーカス団のホームページで、おもしろいことがわかった。今そこには、瞬時、という団員がいた。しゅんじ。たぶん、芸名的なものだ。その瞬時は、空中ブランコの乗り手を目指してる。デビュー間近だという。

飯田橋で南北線に乗り換えたあとも、検索は続いた。

瞬時というその名前から、個人のブログに行き着いた。

そこに顔写真はなかったが、瞬時が今二十二歳であることがわかった。

ブログの更新は頻繁ではない。最後の更新は一週間前。デビューを控えて猛練習の日々、と書かれてた。

さかのぼっていくうちに、瞬時が目指してるのは、空中ブランコに乗ってきた相手をつかまえるほうではなく、乗るほうであることがわかった。乗るほうというか、跳ぶほう。キャッチャーに対してフライヤーと言うらしい。

王子神谷駅で電車を降りてからも、俺はホームのベンチに座って瞬時のブログを読みつづけた。

そして決定的な記述を見つけた。これだ。

小六の一学期。片見里という町にいた。名前はもう忘れたが、そこには川が流れてた。あるとき友だちから、その川を棒高跳びの要領で跳び越えた人がいると聞いた。自分もやれるかな、と思った。やってみた。跳べた。やってみるもんだ。震えた。たぶん、始まりはそこだ。

　マジか。

　さすがに俺も高ぶった。

　駿司は今も一ヵ所に落ちついてはいない。サーカス団とともにあちこちをまわってる。あのころは川を跳んでたが、今は宙を跳んでるのだ。

　片見里は、駿司にとって二十一分の一ではなかった。それよりはもうちょっと意味のある場所だった。そのことがうれしい。

　速攻で、根木充久にＬＩＮＥのメッセージを送った。県庁に勤める充久、駿司が跳んだあの現場にもいた充久だ。

〈石毛駿司、今も跳んでることが判明！〉


　午後二時に谷田さんと待ち合わせると、まずは駅から歩いて五分のとこにある雑居ビルに行った。

　そこがスタートということで、谷田さんは待ち合わせ場所をＪＲの神田駅にした。つまり、徳弥さんから話を聞いてすぐに調査にかかってたのだ。振り込め詐欺や萱というわずかな情報だけで。

訪ねたのは雑居ビルの一室。ドアに社名のプレートが貼られていたり、わきに表札が掛けられたりはしていなかった。どうやら空室らしい。

谷田さんはためらわずに向かいにある会社のドアをノックした。そして出てきた女性に、名乗ることもなくこう尋ねた。

「お向かいは空室ですか？」

「一ヵ月くらい前からいないですね」

「あぁ、そうですか。どうも。ありがとうございます」

雑居ビルの外に出てから、尋ねてみた。

「ここが、アジトというか、事務所みたいなとこなんですか？」

「もしかしたらっていう程度。そういうとこを、一つ一つ当たっていくよ」

まさにそういうことだった。

次は神保町《じんぼうちょう》。そこまでは歩いた。

「何かすいません。お金にならない仕事を押しつけちゃって」と俺が言い、

「いいよ。僕は趣味がないから、休みの日もすることがないし」と谷田さんが言う。

「え？　今日、休みなんですか？」

「うん。さすがに、仕事の時間を削って動くわけにはいかないから」

「ほんと、すいません」

「いや、いいよ。徳弥のためでもあるし」

「徳弥さんにも、迷惑をかけちゃいました」

「そんなこと思ってないよ。徳弥は、ああいう人だ」

「いい人、ですよね」

「いい人という言葉でうまく収まるかはわからないけど。まあ、いい人だね。僕は八回転校したって言ったけど、知り合ったなかで、ほかにあんな人はいなかったよ」

「まず寺の息子がいないですもんね」

「それはいた。八回も転校してれば、もう一人ぐらいはいるもんだよ」

「そのもう一人とはちがってました？　徳弥さん」

「ちがってたね」

「例えばどんなふうに」

「そこはすごく豪華なお寺だったから、その彼は、お金持ちの家の子、みたいな感じだったな。あまりよくないほうの意味で」

「まあ、善徳寺だって、僕から見れば充分お金持ちだけどね」

「あぁ」

「インプレッサに乗ってますしね」

「そうそう」と谷田さんが笑う。「でも徳弥はすぐに買い替えたりしないで、長く乗るよね。僕もあの車、運転したことがあるよ」

「そうなんですか？」

「うん。何週間か村岡家に居候《いそうろう》させてもらったから、車の運転とかそういう手伝いも少しはしてた。犬の散歩もしたよ」

「もしかして、シバですか？　若月さんのとこの」

「そう。柴太郎」

「俺もしましたよ。させられました、夏に」

「そうか。柴太郎、元気だった？」

「元気でした」

「ならよかった」

村岡家に何週間か居候。何週間、は結構な長さだ。そのあいだに、あのヤバい一件、があったのかもしれない。

気にはなる。でも谷田さんにそのことを訊いたりはしない。徳弥さんも言ってた。人それぞれ、生きてりゃいろんなことがあるからな。

そのとおり。俺はもう知ってる。生きてれば、内定は取り消されるし、詐欺事件にも巻きこまれる。そうなのだ。

そして到着した神保町の雑居ビルも、ほぼ同じ感じだった。こちらは二ヵ月くらい前から空室。

次の秋葉原《あきはばら》も、空振り。

そこからは東京メトロの日比谷線に乗り、南千住《みなみせんじゅ》に行った。

その南千住が目的地というわけではなく、駅からはかなり歩いた。隅田川にかかる橋を渡り、墨田《すみだ》区へ。

あちこちを眺めながら通りを歩いてると、ある看板が目に留まった。就活のときに俺が履いてた革靴の広告看板だ。これはすごくいいからと親父が買ってくれた、履き心地抜群のあれ。

靴屋ということではなく、よく見れば、そこがその製造元であることがわかった。製靴会社だ。といっても、決して大きくはない。雑居ビルの一階に入ってるだけ。

東京の街を歩いてると、よくこんなことがある。意外なものを意外な場所で見つけるのだ。

で、さらに歩いてようやく着いた雑居ビルも、空振り。

谷田さんによれば。ここに来るつもりはなかった。が、せっかくだからと足を延ばした。結果、予想どおり空振り。探偵にとってそんなことは当たり前だという。

東はこれにて終了。次は西。

そのまま押上《おしあげ》駅まで歩いて半蔵門線に乗り、大手町《おおてまち》からは丸ノ内《まるのうち》線。四谷《よつや》三丁目へ。

そこも空振りで、次は新宿。

その新宿では四軒。すべて空振り。三軒が外れで、一軒が空室。

最初の神田のときのように、谷田さんはどこでもまずは同じ階の人に当たった。そこにも誰もいなければ、次は上下の階。たいていはうさん臭く見られた。知らねえよ、と直接言われることもあったし、そういうのはいいです、とインタホン越しに言われることもあった。

移動の合間に、探偵の仕事についてあれこれ訊いてみた。

聞きこみと張りこみと尾行。やっぱそれが主になるという。

聞きこみをするとき、公務員や実在する団体の職員を名乗るのはダメらしい。だからといって探偵だと明かすと簡単には答えてくれないので、そこはうまくぼかす。

張りこみは、場所の選定が難しいという。確かにそうだろう。一ヵ所にずっといるのはおかしいし、物陰にいるのもおかしい。車なら車で、長く駐められるところもそうはない。駐車車両の運転席に長く座ってるのも不審。

尾行は、基本的に複数でやるという。一人が二度顔を見られたら、おかしいと思われる。警戒されてしまう。それに、探偵だって眠らなければならない。トイレにも行かなければならない。

ＧＰＳを付けたり盗聴したりするのは、もちろん、ダメ。不法侵入や不正アクセスもダメ。法で許される範囲でやるしかない。

「キツいですね」

「そんなもんだよ。楽な仕事なんてないよね。田渕くんがやってる宅配のバイトだって、楽ではないでしょ？」

「まあ、そうですね。暑かったり寒かったり。変なお客もいますよ。頼んだのとちがうと言いだすとか。一度、メニューの写真と実物がちがう、なんて言われたこともありますよ。それを配達の俺らに言われてもって話なんですけど」

「そんな文句を聞かされることも含まれるんでしょ、仕事には」

「谷田さんは、何で探偵を選んだんですか？」

「はっきりした理由はないよ。高卒で、フリーター歴も長かったから、選択肢は多くなかった。その多くないなかから選んだだけ。自分に何ができるかは考えたけどね。できないことは、どうしたってできないから」

「探偵は、できることだったんですか」

「すぐにできるとは思わなかったけど、適性があるとは思ったかな」

「適性」

「うん。一ヵ所にじっとしてるのが苦じゃないから、張りこみに向いてるかなとは思ったよ。そういうのは、八回の転校で身についたことかもね。無駄に動かないとか、人としての気配を消すとか」

「気配、消せます？」

「それはちょっと大げさか。とにかく余計なことをしない、という感じかな。例えば尾行をしてるとき、ヤバい、見られた、と思うとするでしょ？　そうなると、人間て、変に動いちゃうんだよね。腕時計を見るとかスマホを耳に当てるとか。いきなり角を曲がるとか横断歩道を渡るとか。意識してなければさ、何もしないはずなんだよ」

「あぁ」

「だから、常に無意識を心がける。体の力を抜いて、ダランとする。いちいち反応しない。そんなイメージかな」

探偵のこと以外に、谷田さん自身のこともちょっと訊いた。

生まれは、一応、東京らしい。ギリ東京。町田市《まちだし》のどこか。正確にはわからない。母親にそう聞かされただけ。だから故郷という感じもない。

すぐに隣の神奈川、川崎市《かわさきし》に移り、しばらくはそこにいた。が、それも小学一年生のときまで。父親が病気で亡くなったのだ。まだ三十代だったという。

で、一年もしないうちに母親との放浪生活が始まる。

そこからはまさにあちこちを転々としたらしい。名古屋にいたことも神戸《こうべ》にいたこともある。最も西はその神戸。最も東は仙台《せんだい》。その仙台の次が何故か片見里だったという。

高校を出てからは母親とも別れ、フリーターとして一人暮らしをした。初めに住んだのは荒川区。継男っちが住むアパートにも近い辺りだ。次が葛飾区で、今は江戸川区。そこから碇探偵社に通ってるという。

母親とは、別れてからずっと会ってない。ただ、どこに住んでるかは知ってる。松山《まつやま》だ。愛媛県《えひめけん》の松山。そこには弟もいる。母親の相手の連れ子、ではない。実際に母親が産んでる。四十代半ばでそうしたのだ。名前は一人。谷田さんの一時に合わせた、いちひと。

それらは、何と、徳弥さんが調べたという。谷田さんに頼まれたわけでも何でもないのに調べたのだ。谷田さんが片見里にいた何週間かのあいだに。探偵ならぬ行政書士に頼んで。

「この人はすごいなと思ったよ」と谷田さんは笑った。「普通、しないよね、そんなこと。

だってさ、僕は片見里に四ヵ月いただけだよ。しかも父親の遺骨を預けて逃げちゃったわけだし」

踏みこみすぎかと思いつつ、訊いてみた。

「会いに行かないんですか？　お母さんと弟に」

「徳弥にもそう言われたよ。居候を終えて片見里を出るときに、行こうかとは思ったの。でもやめた」

「どうしてですか？」

「やっぱりお金がなかったから。四国ってさ、遠いんだよ。交通費がかなりかかる」

「でも、深夜バスとかなら、そんなでもないですよね」

「まあね。ただ、そのときはもう葛飾区のアパートを引き払ってたから、住むとこを探さなきゃいけなかったし、仕事も探さなきゃいけなかった。そこにお金をつかってられなかったんだね」

「今はもう行けるんじゃないですか？」

「行こうと思えばね」

「行こうとは、思わないんですか？」

「行ってもいいとは思ってるけど。その程度だと、なかなか行かないよね」

「それを知ったら、徳弥さんがまた後押しをしてくるような」

「しそうだけど、そこまではしないのが徳弥なんだよ。こないだ飲んだときも、行った？って訊かれて、行ってないって答えたら、行きゃいいのにって。それだけ。あとはもうほかの話。柴太郎の話とか、合コンの話とか」

「やっぱ変わってますよね」

「変わってるけど、根っこはしっかりしてる。だから信頼されるんだろうね、片見里の門徒さんたちにも」

　俺は考えた。迷ったが、言う。

「徳弥さんはお前が知るべきじゃないって言いましたけど」

「ん？」

「堀川さんと、何があったんですか？」訊いておいて、言い訳のようにこう続ける。「別に興味本位じゃなく。俺も、一応、片見里の人間として、何か、知っておきたいなと思って」

　谷田さんも考えた。俺ほどは迷わずに、言う。

「確かに田渕くんは徳弥と同じ片見里の人間だから、むしろ知っておくべきかもね」そして変にためることもなくこう続ける。「徳弥と僕にとって大切な人が自殺した。それは堀川丈章のせいだった。だから徳弥と僕はある程度真っ当なやり方で仕返しをした。結果、堀川丈章は市議選への立候補をやめた。そんなとこかな。隠してもしかたないからこれも言うよ。自殺したのは倉内美和さん。徳弥の奥さんのお姉さん」

「マジですか」とさすがに俺は驚く。「言っちゃって、いいんですか？　そんなこと」

「田渕くんが訊くから」と谷田さんは笑う。「片見里の人間として黙っててくれるとありがたいかな」

「それはもう。はい」

そんなこと誰にも言えない。言えるわけない。

ただ、谷田さんが話してくれたのは、ちょっとうれしい。

新宿で四軒まわったあと、ついでだから代々木《よよぎ》でもう二軒行ってみることになった。

明治通りをそのまま歩き、細い道に入って、駅の向こう側に出た。

まず一軒。そこも空振り。雑居ビルの一室だが、ドアは閉ざされてた。プレートも表札もなし。向かいの一室も同じ。階下の一室はこれ。あ？　何なんだ、お前ら。

そこを出て、最後の一軒に向かった。

片側一車線だが、車道そのものはそこそこ広い道。ガードレール付きの歩道もある通りだ。

谷田さんと並んで歩く。今度は転校そのもののことを訊く。

「それにしても。八回ってすごいですよね。慣れるもんですか？」

「ある程度はね。そのうち、クラスの勢力図みたいなものが転校初日にわかるようになるよ。誰が王様で誰が家来か、みたいなことがね」

「それを知っとくのは大事ですね」

「片見里に行った小六のころには、ほぼ正確にわかるようになってたかな。そういうことに気をつけてるうちに、人の声も聞き分けられるようになったよ」

「声、ですか」

「うん。人は、親しい人の声なら聞き分けられると思ってるけど、そうでもないんだよね。今自分がその人と話してると知らなければ、案外気づけない。逆に言うと、だから振り込め詐欺にも引っかかる。あれは声を似せなくてもいい。電話をかけてきたのが本人だと思わせたら勝ちなんだね」

「谷田さんは、聞き分けられるんですか？」

「生で聞く声なら、たぶん、だいじょうぶ。一度聞いた声は忘れないから、また聞けばわかるよ。声そのものじゃなく、しゃべり方とか微妙な抑揚とかでほかと区別してるんだろうね」

「すごいな。それはもう、絶対に探偵の仕事に活きますよね。だって、ドアの向こうで誰が話してるかわかるわけだし、背後で話されてもわかるわけだし」

そこで谷田さんがいきなり言う。

「そういえば、テンキノコ観た？」

「はい？」

「『天気の子』」

「あぁ。映画ですか」

「うん」

「いや。えーと、『君の名は。』は観てますけどね」

「それは僕も観たよ」

「好きなんですか？　映画」

「そういうわけでもない」

そして谷田さんは黙る。

しばらくそのまま歩き、早口の小声で言う。

「後ろ見ないでね。振り向かないで。前を見たまま話して」

「はい」

「ちょっと前にすれちがった男」

「えーと、誰でしょう」

「髪が長くて、ウェイヴがかかってて、色が白くて、やせてる男。三十代半ばぐらい」

「あぁ」

「たぶん、菅だよ」

「え？」

「見ないでね」

「はい」

「田渕くんの口からまた探偵とかいう言葉が出たら困ると思ってね。ああいう人は、ほんと、常に警戒してるから。ちょっとでも不審に感じたことは見逃さないから」

「でも、谷田さん、菅の顔を知ってるんですか？」

「何となくは。それらしい写真を一枚だけ見たよ。かなり不鮮明ではあったけど」

「俺にも見せてくれればよかったのに」

「確証はないからね。あるとしても、田渕くんは見なくていい」

「何でですか？」

「知らないほうがいいんだよ。知ってると、つい捜したりしちゃうから。似た顔を見かけたら、もしかして、と思ったりね。そういうのはバカにできないストレスになる」

「菅なら、追いかけますか？」

「いや、やめとこう。向こうが僕らの顔を記憶したかもしれない。もう一度見られたら気づかれる。そうなったら、田渕くんもあぶないよ。中林さんとのつながりもあるわけだし」

あぶない。その言葉にドキッとする。

「この道をこの向きに歩いてたってことは、さっきのビルに行くのかもしれない。あそこは当たりだったのかも」

「マジですか」

「まだわからないけど。ただ、今の男とあの写真の男は同一人物だと思う。だから可能性はあるよ。あとは僕が裏をとる。ということで、今日はおしまい。おつかれさま」

「おつかれさま、です」

「本当に疲れたでしょ？」

「本当に疲れました。今のでダメ押しです。最後のこれで疲れがふっ飛ぶかと思ったら逆でした。ドッと来ました。何か、重いもんに乗っかられた感じです」

すれちがった菅にまたどこかで見られるのを避けるべく、代々木駅方向に戻るのはやめ。首都高速に沿って大まわりに歩き、甲州《こうしゅう》街道に出て新宿駅に向かった。

「いやぁ。参りました」と俺が言い、

「何？」と谷田さんが言う。

「実は俺、探偵も考えてたんですよ」

「ん？　仕事にするってこと？」

「はい。徳弥さんに谷田さんの話を聞いて。何なら現時点での第一候補、くらいに思ってました。おもしろそうだなって。甘かったです。大甘でした。おもしろそうだから、でできる仕事じゃないです。今日一日、というかこの半日だけで、俺には無理だとわかりました。これをずっとは、できないです」

「賢明だよ。二十二歳からずっとやるようなことじゃない」谷田さんは笑顔でこんなことを言う。「やるにしても。人としてもっとつまずいてからでいいよ」

十一月　中林継男、故郷に帰る

谷田一時くんは、おれが期待した以上の成果を挙げてくれた。

代々木にある雑居ビル。菅が出入りしていたその場所を突き止めてくれたのだ。それが事実であることを確かめたうえで、秋口刑事に伝えてもくれた。もちろん、自身が探偵であることを明かしてだ。かなりいやな顔をされましたよ、と谷田くんは笑っていた。かけてきてくれた電話で。

それを聞いてから、おれは以前のように新聞を注意深く読むようになった。図書館で読むのではなく、毎朝コンビニで買った。だが、詐欺グループのリーダー逮捕、というような記事は見つけられなかった。

その後、おれは自ら秋口刑事を訪ねた。新宿《にいじゅく》にある亀有《かめあり》警察署に出向いたのだ。玄関にはきちんと制服の警官が立っていた。入る際は少し緊張した。自首するみたいだな、と思った。まあ、遠くはない。

秋口刑事とは、狭い会議室のようなところで話をした。

谷田くんは知り合いの頼みだからしかたなく動いたのだと、まずは説明した。

次いでこう尋ねた。

「菅は、どうなった?」

答えてはくれないかと思ったが、秋口刑事は案外簡単に答えてくれた。

「消えちゃいましたよ。煙みたいに。代々木のあそこにいたことはいたらしいです。でも察知したのか初めからそのつもりだったのか、我々が行ったときにはもういなかった。もぬけの殻というやつです。消えたというよりは、潜ったんですね。ほとぼりが冷めたらまた出てきますよ」

「そうなの？」

「そうです。ああいう連中っていうのは、懲りないし、やめない。ちょっとは懲りたとしても、手を替え品を替え、またやります。自分たちにとってそのときに一番やりいい何かをね」

「何かを」

「連中は、他人のことなんて屁とも思いませんよ。被害者のことも思わないし、いざとなれば仲間のことだって思わない。だから大事なのは、絶対に関わらないこと、引きこまれないことです。何でしたっけ。あなたが言ってた、赤羽の飲み屋の人。えーと、山田さん？」

「あぁ。山田」

「その架空の山田さんにもよく言っといてください。二度と関わるなと」

「あ、いや」

「架空なんだから言えないか」と秋口刑事は笑う。嫌味な感じではなく、むしろ楽しそうに。

バレていたのだ。

まあ、そうだろう。素人が警察を欺きとおせるわけがない。刑事ドラマでは、主役級以外の刑事の多くが無能であるかのように描かれる。そんなはずがないのだ。

「あなた、牛島さんのとこに行ったらしいですね」

「どうしてそれを」

「本人に聞きましたよ。牛島しのいさん自身がわざわざわたしに電話をかけてきて、そう言ってました。わたしはあの人たちに何もされてません、だから捕まえたりはしないでくださいって」

「牛島さんが」

「脅かすつもりはありませんけどね。実際、捕まえようと思えば捕まえることもできますよ。あなたはわたしにうそをついちゃいましたし。それは架空の山田さんも同じ。悪いことだと知らなかったじゃすまされない。ただ。警察も忙しいのでね。ひどい悪意がないことにまでは、手がまわらんのですよ」

谷田くんも言っていたとおり。本当に、お目こぼしをしてくれていたわけだ。おれも次郎も後期高齢者だから、ということでもあったかもしれない。

「菅が今後あなたがたに手を出してくることはないと思います。でも念のため、警戒はしてください。一応は何もしてないことになってるあなたがたを警察が守ることはできないので。ただし。これからは、何かあったらすぐに知らせること。通報すること。いいですね？」

そこはもう、こう言うしかなかった。

「はい。ご迷惑をおかけしました」

おれや次郎に何かあったらそれは菅の仕業。秋口刑事はそう思ってくれるだろう。とおれ自身がそう思いながら、亀有警察署をあとにした。

京成本線で町屋へ戻り、そこからは歩く。

約束の午後六時まではまだ二十分ほどあったが、店に入った。『とりよし』だ。

午後五時台。まだお客はいない。おれが一番乗り。

「おぉ。ナカさん、いらっしゃい」と言われ、

「連れがあとから来るから、今日は二席、いい？」と尋ねる。

「いいよ。誰？　次郎ちゃん？」

「いや、今日は若手」

「先にビール飲む？」

「来てからにするよ」

入って正面、奥から二番めのイスに座る。

海平は、午後六時ちょうどにやってきた。まさにちょうど。テレビでＮＨＫの大相撲中継が終わり、六時のニュースが始まったときだ。

「セーフ。遅刻なし」と言い、おれが手で示した一番奥の席に座る。

「いや、遅刻だろ」

「いやいや。間に合ってんじゃん。六時ちょうどだよ」

「六時を一秒でも過ぎたらもう遅刻だ。午前九時出勤で午前九時に来たら、それは遅刻だろ？」

「遅刻なの？」

「そう見る人がほとんどだ。だから五分前には来い。厳密に五分前ではなくていいけど、それを心がけろ」

「了解。次はそうするよ」

「お前、そればっかりだな」

「ナカさん、若手も若手だね」とカウンター内から源吉さんが言う。「せいぜい四十代ぐらいだろうと思ってた。まさかこんなに若いとは」

喫茶『門』でも門前さんに似たようなことを言われた。やはり珍しいのだ。七十五歳と二十二歳の組み合わせは。

「お久しぶりです」と海平が源吉さんに言う。

「ん？」

「ゲッ。客の顔を忘れたんですか？　俺ですよ、俺」

「つて、お前、詐欺師かよ」とおれ。

「前に一度、一人で来たじゃないですか。話したじゃないですか」

「あぁ。ナカさんのことを訊いてきた」

「それです」

「そうか。あのあやしげなやつか」

「あやしげって。一応、お客ですよ。覚えときましょうよ、顔」

「いや、おれも歳だからさ、一度来たぐらいじゃ忘れちゃうのよ」

「これからは何度も来ますよ」

「そうしてくれ。じゃ、どうする？　ビール？」

「ビール？」と海平もおれに尋ねる。

「ああ。ビールにしよう」

「はい、ビールね」

「あと、何か適当に焼いてくれる？　全部二本ずつ」

「はいよ」

「おれが食べられなかったら、お前、全部食べてな」と海平に言う。

「はいよ」と海平は源吉さんをまねて言う。

「ほかに頼みたいものがあったら頼め」

「じゃあ、枝豆と、ポテトサラダ」

「枝豆とポテトサラダね」と源吉さん。

「ポテサラ、こないだ食ったらうまかったから」

「だろ？　あれ、ウチの自慢」

「もしかして、手づくりですか？」

「いや、出来合い。買ってきたやつ」

「何だ。手づくりだと思って食ってた。だからうまいんだと思ってましたよ」

「お前、そのぐらいわかれよ」とおれ。

「いや、無理でしょ」と海平。

「わかんないのもあるよ、ナカさん」と源吉さん。「最近のは質がいいから。もう自分でつくる気なんてなくなっちゃうよ。実際さ、焼鳥だって、出来合いのはうまいじゃない。冷めてもそこそこうまいから参っちゃうよ」

「いやぁ、でも」と海平。「やっぱ目の前で焼かれたのにはかないませんよ」

「お、うれしいこと言ってくれるね」

「スーパーに来るキッチンカーの焼鳥もうまい。目の前で焼かれたら何だってうまいですよ」

「お前は」とつい笑う。「ほめてんだか何だかよくわかんないな」

源吉さんが瓶ビールと二つのコップを出してくれる。

瓶を手にし、海平のコップにビールを注ぐ。自分のにも自分で注ぐつもりでいたが、海平が横からスルリと瓶をさらい、注いでくれた。

「はい、じゃ、乾杯」と言い、海平がおれのコップに自分のコップをカチンと当てる。

「乾杯」とおれも言い、ビールを一口飲む。

「うめ〜。やっぱビールはうまいわ。俺はハイボールよりこっちが好き。ハイボールってさ、中林さんが若いころからあった？」

「あったよ」

「飲んでた？」

「おれは飲まなかったな。ソーダなんかでウイスキーを割るのはもったいない」

「でも飲みやすいじゃん」

「飲みやすくしてまで飲む必要はないだろ。だったら、ほかのものを飲めばいい」

「そうだけどさ。たまにはウイスキーも飲みたいじゃん」

「飲むときは、ストレートか、せめてロックにしろよ」

「それだと何か濃いし、あんまうまくないじゃん」

「なら飲むなよ」

「いや、でもやっぱ飲みたいじゃん」

やはり笑う。その感覚はもうおれにはわからない。海平にしてみれば本当にそうなのだろう。それこそがその世代の大多数の感覚なのだ。

「今日は好きに食べて飲め。おれのおごりだから」

「いいよ。ばあちゃんにちょっとは金もらってるし」

「こっちもウイスキーをもらったからな」

「そんなら、まあ。ほんとにじゃんじゃん食っちゃうよ」

「ああ。食え」

「あのアイリッシュウイスキーって、どうだった?」

「言ったよな? うまかったよ」

「そっか。じゃあ、今度飲んでみるかな」

「おれで試したのかよ」

「うん。ちょっと。自分用に買って外したらいやだからさ。大人に試してもらおうと思って」

「おれはもう大人すぎるよ。味覚だって衰えてる」

「衰えてるのにうまいと感じるなら、それはまちがいなくうまいってことじゃん」

得意の微妙に失礼なことを言って海平は笑い、うまそうにビールを飲む。

田渕初子にしてみればやはりかわいい孫なのだろうな、と思う。二十二歳になった今だって、目のなかに入れても痛くないだろう。

海平は本当にじゃんじゃん食べ、じゃんじゃん飲んだ。焼鳥はおれの分も合わせて十五本近く。ビールは一人で三本近く。

食べながら飲みながら、谷田くんの調査に同行した日のことを話してくれた。ＪＲ神田駅での待ち合わせから、代々木での菅との接近遭遇まで。順を追って。

「マジですごいよ、谷田さん。あれでまだ探偵になって三年め。天職に巡り合えたってことなんだろうな。うらやましいよ。そうならない人のほうがずっと多いだろうから」

「そうだろうな」

「継男っちは？」

「ん？　何だ、継男っちって」

「あ、いや。今のなし。中林さんは？　巡り合えた？」

「巡り合えてはいないかな」

「でもさ、ポリ袋の会社は、結構よかったんでしょ？　自分に合ってたんだよね？」

「合ってたというか、合わせたんだ」

「そうなの？」

「そう。でもそんなふうに合わせることが楽しかった。合わせ甲斐があったよ」

「合わせ甲斐か」

海平は串を手にし、ハツを食べる。一本分の三切れに横からガブッと食いつき、一気にスルッと串を抜く。この期に及んでその食べ方。二十二歳。

「海平は、運送会社だったよな？」

「うん。ダメになったけどね」

「そこは、入りたくて入ったのか？」

「入りたくて入ったよ。大手だし、有名だし。実際、みんな喜んだよ。親父も母ちゃんも、ばあちゃんも」

「お前がどこに入っても、喜びはしただろ」

「まあ、そうかも」

「運送業界に興味があったのか？」

「特にあったわけじゃないけど、それなりには。一応、ちょっとは調べたよ」

「ちょっとはか」

「そういうもんでしょ。業界のことも会社のことも、入る前からわかるわけない。バイトでさえそうだからね。入ってみて、思ってたのと全然ちがうなんてことはよくあるよ。だから俺、三日で辞めたこともあるし」

「会社は、そうするわけにはいかないよな」

「わかってる。合わなくてもがんばるつもりではいたよ。ほんとに合わなかったら、三年くらいで辞めてたかもしんないけど」

「それはいいよ。がんばったうえで見切りをつけるのはいい。無理にがんばるよりはずっといい」

「俺もそう思うよ」

「でもな、合わなかったら辞めればいいって考えで、選ぶときに適当に決めるのは、よくない」

「だからさ、入る前からわかんないじゃん。そこがどんな会社かは」

「わからない。ただ、入りたいと思えるかどうかは大事だ」

「継男っちは思えたの？」

継男っち、にはもう触れず、おれは言う。

「思えた。社長がな、すごくいい人だったんだよ。募集には三十五歳までっていう年齢制限があったんだけど、おれはもう四十一歳だった。なのに面接をしてくれて、会社に入れてくれた。幸運は幸運だったんだ。たまたま社長自身がその面接をしてくれたから。でも、この人のためにがんばろうと思えたよ。入る前からな」

海平は何も言わずにビールを飲む。おれの分のハツも食べる。

「まあな、いかにもな話ではあるよ。社長だから年齢制限も無視できただけ。そう見ることもできる。だけどな、考えてみろよ。社長のことが好きになれる会社とそうでない会社。どっちがいい」

「そりゃあ、好きになれるほうがいいよ。なれないよりは」

「そう。そうなんだ。そういうことは、バカにできないんだよ」

おれもビールを飲む。抑えめにはしていたつもりだが、それでも少し酔ったと感じる。

「いや、別にな、だから受ける会社を決める前に社長のことを調べろとか、そんなことを言ってるわけじゃないんだ。おれの場合はそれが社長だっただけ。何でもいいんだよ。好きになれる要素みたいなものを、探してみろ。大手とか有名とか、それ以外にも何かあれば、気持ちもまた変わってくるから。お前なら探しだせるよ」

「何で？」

そう訊かれ、おれはこう答える。

「だってお前は、おれを捜しだしたんだから」

久しぶりに東京を離れた。

よく考えたら、本当に久しぶり。十五年ぶりだった。

行先は十五年前と同じ。片見里。そう。おれは十五年ぶりに片見里に帰った。行ったのではなく、帰った。

それも節約と考え、新幹線はつかわなかった。快速電車と普通電車を乗り継いで三時間半。片見里駅からは、二十分待って、バス。それでようやくおれがかつて住んでいた辺りに着いた。善徳寺の近くだ。

愛乃ちゃんの電話番号は徳弥に聞いた。星崎家もかつては善徳寺の門徒だったので、もしかしたらわかるかも、と思ったのだ。

わかった。元門徒だからというよりは、徳弥の母露子さんが片見里総合病院の看護師としての愛乃ちゃんとそこそこ親しかったから。運がよかった。

徳弥は愛乃ちゃん本人から許可を得たうえで、おれに電話番号を教えてくれた。

すぐにおれ自身が愛乃ちゃんに電話をかけた。そのときはちょうど夜勤の次の日で、休み。

寝て起きたところだったらしい。会ってもいいと愛乃ちゃんは言ってくれた。

そんなわけで、こうなった。おれは十五年ぶりに片見里にいる。

まずは善徳寺にお邪魔した。そうするよう徳弥に言われていたのだ。昼はウチで食べましょう、と。

悪いから駅で何か食べていくよ、と言ったら、徳弥はこう言った。いや、実は夏に門徒さんから頂いたそうめんが大量に残ってて。一緒に食べてもらえるとたすかるんですよ。さすがにもう十一月なんで、冷たくはしません。あったかいにゅうめんにします。母ちゃんがつくるこれがまたうまいんですよ。あっさり出汁《だし》に野菜たっぷり。ここだけの話、嫁のよりうまいです。消化もいいんで、ぜひ。

お言葉に甘えることにした。

徳弥も露子さんも、まるで片見里の住人であるかのようにおれを迎えてくれた。墓じまいをし、もう門徒でもないのに。

露子さんとは、墓じまいをしたときも会っていた。明るくて活発な人だ。十五年経った今もそこは変わっていなかった。徳弥、あんた掃除サボったでしょ、とおれの前でも言った。十五年前は、徳親さんにも言っていたような気がする。

徳弥の妻、多美さんにも会った。夫婦の息子徳善くんにも会わせてもらった。まだ一歳だが、多美さん似であることがはっきりわかった。

立派な跡継ぎになりそうだね。そう言ったら、徳弥はこう言った。海平みたいに東京の大学に行って、役者になるだのラッパーになるだの言いだしたらどうしようかと思ってますよ。

多美さんが笑顔でこう付け加えた。役者とラッパーならいいけど、留年と内定取り消しは困っちゃう。

徳親さんに線香を上げてから、お昼を頂いた。

露子さんがつくってくれたにゅうめんは、本当にうまかった。温かいそうめん。七十五歳のおれでもスルスルいけた。確かに消化もよさそうだ。お代わりどうですか？　と露子さんに訊かれ、迷いに迷って、我慢します、と答えた。

あらためて、墓じまいをすんなり受け入れてくれたことへのお礼と、谷田くんを紹介してくれたことへのお礼と、愛乃ちゃんに連絡をとってくれたことへのお礼を徳弥に言った。

「イチと海老沢さんのことはともかく、墓じまいは十五年前じゃないですか。おれ、高三ですよ」

「徳親さんには本当に感謝してるんだよ。門徒でなくなっても信仰心がある限り縁は続くと言ってくれた。気が楽になったよ。おれはもう片見里に来られないな、と思ってたから」

「親父、そんなことを言ってましたか」

「うん。また会いたかった」

「親父もそうだったと思いますよ。門徒さんかどうかは関係ない。片見里出身の継男さんに会いたかったと思います。で、そうそう。今日、ウチに泊まったらどうですか？　日帰りはキツいだろうから」

「いや、それは。帰るために早く出てきたし。愛乃ちゃんと話ができれば、用はそれで終わりだから」

「そうですか」

「こんなおいしいお昼を頂いちゃって。何かできることないかな。何でもやるよ、皿洗いでも掃除でも」

「じゃあ、犬の散歩、どうですか？　裏の若月さんのとこのシバ」

「あぁ、若月さん。いいね。あいさつしたいよ」

「ただ、時間がないですかね」

「待ち合わせは三時だから、まだ四十分ぐらいはあるけど」

「あわてて犬の散歩に行くこともないですよ。用の前に疲れちゃう」

「でも若月さんにあいさつはしたいな」

「それはしましょう。ショウじいちゃんもムツばあちゃんも朝ちょっと自分たちの散歩に出るだけで、この時間はいますし。じゃあ、そうだ、二人にゆっくりあいさつをして、そのあとシバを連れてったらどうですか？」

「連れていくって、愛乃ちゃんと会うときに？」

「はい。東団地んとこの公園で会うんですよね？」

「うん」

「会うの、初めてなんですよね？」

「そうだね」

「犬がいると話しやすいですよ。相手が初めて会う人でも。女性でも」

「あぁ。それはそうかもね」

「おれも嫁に告白したときはシバ連れでしたもん」

「そうなの？」

「はい。シバの前で、付き合おうと言いました。叶いました。まさにシバ神ですよ。って、おれ、仏教ですけど。それで行きましょう。シバ同伴。糞の処理とかはあとでおれがしますから、その辺はご心配なく」

「といっても、犬は、散歩に出たら、しちゃうよね？」

「まあ、そうですね」

「それもやるよ。川辺とかなら、穴を掘って埋めればいい？」

「はい。ちょっと深めに掘ってもらって」

「わかった」

「シャベルと、いい場所がなかったときのための袋も用意します。何かすいません。逆に、散歩を押しつけたみたいになっちゃって」

「いや。確かに、そのシバくんがいてくれたほうがいい。愛乃ちゃんも、こんなじいさんと二人でいるよりはいいでしょ」

そうなのだ。そこをあまり考えていなかった。愛乃ちゃんは、初めて会う三十歳下の女性なのだ。おれ自身がすんなり話せるはずがない。

久しぶりに本堂を見せてもらってから、露子さんと多美さんに礼を言い、善徳寺をあとにした。そして裏の若月さん宅へ。

昭作さんと睦さん夫婦はいてくれた。ともに八十代。今なお二人暮らしだ。

「昔この近くに住んでた中林です。お久しぶりです」とあいさつした。「覚えていらっしゃいますか？」

「覚えてるよ」と昭作さん。

「昌男さんとヨシさんの息子さんだよね？」と睦さん。

「はい。そうです」とおれ。

父と母の名前まで覚えていてくれたことを意外に思った。二人は数少ないおれの歳上。だが十も上ではない。おれの両親よりはおれに近い世代なのだ。

「東京の大学に行ったんだよな」

「優秀だったんだねぇ」

「いえ、そんなことは。大学は中退しましたし」

「中退したって優秀だろ」

「入れたんだものねぇ」

「今日は継男さんがシバの散歩に行ってくれるよ」と徳弥が言う。

「おぉ、そうか。たすかるよ」

「戻ってきたらお茶を入れますよ」

「あ、いえ。おかまいなく」

徳弥が首輪をリードにつないでくれる。シャベルと白いレジ袋が入った小さな手提げも渡してくれる。

三人と別れ、出発した。

まずはシバとともに、片見川沿いの道をブラブラと歩いた。

徳弥によれば、シバの正式名は柴太郎。柴犬ふうの雑種。若月家の犬としては三代目だそうだ。二代目はおれも知っている。墓じまいのときに見かけたのだ。

柴太郎は十歳。人間で言えば、部長クラスの五十代半ばらしい。だからなのか、おとなしい。徳弥とおれの話を聞いていたかのように、川辺ですぐに用を足してくれた。自分でもやり過ぎだろうと思うくらいに深い穴を掘って、おれは糞を埋めた。

それからさらに歩き、東団地のわきにある公園に行った。何のことはない。すべり台とブランコとベンチがあるだけの狭い児童公園だ。

かつては星崎家の三人、次郎と俊乃さんと愛乃ちゃんが東団地に住んでいた。愛乃ちゃんは今も近くの家に住んでいる。借家だが一軒家だという。

公園のベンチに、愛乃ちゃんは座っていた。一人しかいなかったから、遠くからでもそれが愛乃ちゃんだとわかった。

おれが公園に入っていくと、愛乃ちゃんはすぐに立ち上がり、頭を下げた。そしておれが近づくのを待って言った。

「ワンちゃん!」

「うん。柴太郎。善徳寺の裏の若月さんの犬」

「あぁ。若月さん」

「わかるの？」

「わかります。お二人とも、わたしが勤める病院に来てくれてます」

「そうか。徳弥くんが連れていけと言うもんでね。じいさんと二人はいやだろうってことで」

「そんな。徳弥くんがそう言ったんですか？」

「いや。それはおれが」

「わたし自身がとっくにおばさんですよ。男の人と二人だからどうということはないです」

「看護師さんだから慣れてるか、じいさんも」

「まあ、そうですね」

「じいさんだけじゃない。どの世代にも慣れてるよね。人は何歳でも病気になるし、事故にだって遭うから」

「はい」そして愛乃ちゃんは言う。「座りましょうか」

「うん」

座った。ベンチは一つしかないから、並んで。ただし、間は空けて。

その前の地面に、柴太郎も座った。おれ、柴太郎、愛乃ちゃん。そんな並びだ。

「ごめんね、いきなり呼び出したりして」

「いえ。こちらこそ、すみません。わざわざ来ていただいて」

「誰だろう、と思ったでしょ？　初め、徳弥くんから電話が来たとき」

「そう、ですね。でも中林さんと聞いて、思いだしました。昔、父がよくそのお名前を口にしてたので」

「よくないことで出てきたのでなきゃいいけど」

「よくないことではないです。中林さんは東京のいい大学に行ったからすごい、と何度も言ってました」

「中林さん、なんて言ってた？」

「いえ。えーと」

「ナッカン」

「それです。ナッカンさん。だから驚きました、徳弥くんから聞いて。あぁ、本当にそのナッカンさんなんだなって。まさかお会いすることになるなんて思ってないから」

「そうだよね」

おれも思っていなかった。自分がこの歳で愛乃ちゃんと会うことになるなんて。しかも次郎抜きで会うことになるなんて。

「父が、どうかしたんでしょうか」

「あぁ」と言い、考える。

難しいところだ。病気になったり事故に遭ったりしたわけではない。それは愛乃ちゃんもわかっているだろう。もしそうなら、電話で真っ先に伝えるはずだから。

結局、おれは何を言いに来たのか。愛乃ちゃんに一番伝えたいことは何なのか。

ほかはすっ飛ばして、まずこれを言う。

「次郎はね、片見里に帰りたいんだよ」

そこからはもうためらわない。一気に話した。すべてを。そうでなければ意味はないと思って。

次郎が東京でぎりぎりの生活をしていること。結果、詐欺グループの受け子をしてしまったこと。だが未遂に終わったりぎっくり腰になったりで、致命的な事態にはならなかったこと。警察からもお目こぼしをしてもらえたこと。ただし、厳しい状況は何も変わっていないこと。自ら電気を止めにかかるような生活は続いていること。それでも次郎はどうにか自力でやっていこうとしていること。そして。愛乃ちゃんのことをとても気にかけていること。小学生のときの写真を今も大事にしていること。それでいて、愛乃ちゃんに会う資格など自分にはないと思ってしまっていること。

そこまで話すだけで、三十分近くかかった。

その間、柴太郎は行儀よく座っていた。時折おれを見たりした。話を聞いているようにも見えた。一度も吠えはしなかった。

愛乃ちゃんもそれは同じ。途中で質問を挟んだりはせず、最後まで黙っておれの話を聞いた。質問は、ひととおり聞き終えてから、した。

「相当なこと、ですよね？」

「うん。残念だけど、相当なことだ」

「お父さん絡みで被害に遭われたかたはいない、ということですよね？」

「それはいないよ。本当に」

「よかった。いえ、よかったなんて言っちゃいけないですけど、でもよかった。七十五歳にもなって、いったい何をしてるんでしょうね」

それには返事ができない。大したことじゃないよ、とは言えない。次郎は悪くないよ、とも言えない。

「おれも悪いんだよ。次郎の近くにいたのに気づけなかった。もう少し早く気づいていたら、止められてたかもしれない」

「中林さんは悪くありません。むしろ被害者ですよ。父に巻きこまれたんですから」

「ちがうよ。巻きこまれたわけじゃない。おれは自分の意思でそうしたんだ。牛島さんのところに行ったのは、おれ自身の意思だよ。行かないこともできた」

「それが、巻きこまれたということですよ。そこでぎっくり腰って、何なんでしょう。結果的にはよかったですけど、何か悲しくなりますよ」

「ストップがかかったということなんだと思うよ」

「自分でその牛島さんのお宅に行ってたら、父はお金を受けとってたんですよね」

「そうかもしれない。でも続きはしなかったと思う。次郎はどこかで立ち止まったよ。それはまちがいない。ただ追いこまれただけ。おれもわかるよ。この歳で追いこまれるのはツライ」

「そうならないような準備をしてこなかったということですよ、父は」

「それもそうかもしれない。でもその準備も簡単にはできない。次郎だって、何もしなかったわけじゃないよ。働いてたし、節約だってしてた。それでもそうなっちゃうことは、あるんだよ。おれだってそうなる可能性はあった。ただ運がよかっただけ。今は本当にそう思うよ」

「父は中林さんにもご迷惑をおかけしてたんですね」

「迷惑なんてかけられてないよ。七十年付き合って、今さらそんなこと思わない。次郎がいなかったらおれもキツかった。大田区から荒川区に移れと言ったのもおれだしね」

「それは、父のことを考えてくれたからですよね」

「おれ自身のためでもあったよ。次郎が近くにいてくれたらいいなと思った」

「お父さん、東京に出たら中林さんみたいにうまくやれると思ったんですかね」

「おれはうまくやれてないよ。大学に行くために東京に出たけど、やめてるしね」

「そうなんですか？」

「そう。中退。親父が死んじゃってね、学費を払えなくなった。それであわてて就職。勤めた会社は四十一歳のときに倒産。そんなだから、次郎とちがってずっと一人。結婚したこともないし、家族もいない。うまくなんて、まったくやれてない」

　愛乃ちゃんが座ったまま手を伸ばし、柴太郎の頭を撫でる。一度、二度、三度。四度、五度、六度。

　七度めで、柴太郎が振り向き、愛乃ちゃんを見る。多いですね、という感じに。

「昔は、お父さんのことが嫌いだったんですよ。小学生のころはそうでもなかったけど、中学生のころは本当に嫌いでした。世の中で一番どうしようもない人、くらいに思ってましたね。その一番どうしようもない人のもとに生まれた自分の不運を呪ったりもしてましたよ。だから、お母さんがお父さんと離婚したときはすっきりしました。もしかしたら、お母さん自身よりわたしのほうがすっきりしたかも」

「そこまでか」

「はい。高校生のころは、お父さんのことをほとんど忘れて過ごしてました。それで専門学校に行って、就職の時期が来て。男には頼らないっていうつもりで看護師を選んだんですよ。お父さんを見てるから、離婚はしないにしても夫には頼らないつもりで。そんなふうにしておけば離婚してもだいじょうぶ、ということで。結局、結婚自体、しませんでしたけど」

「これからする可能性もあるよね」

「どうなんでしょう。しないとは言いませんけど、するかは微妙です。これでも、しそうになったことはあるんですよ。二十代のころに。でもするまではいきませんでした。よさげに見えてた人が、案外ズルい人だとわかったので」

「そうか」

「それからは、ずっと仕事のみですね。で、ある程度歳をとったら、男に頼るとか頼らないとか、そういうのはどうでもよくなってきました。ご病気になられたかたがたと日々接してるからわかります。人は、弱いです。強いのは、そうふるまえる立場にいられるときだけ」

愛乃ちゃんは黙る。

間が思いのほか長いので、つい横顔を見る。

母親に似てくれてよかった、と次郎はおれに言ったが。愛乃ちゃん。横顔は、やはり次郎に似ているように見える。次郎は七十五歳の男性で、愛乃ちゃんは四十五歳の女性。その二人が似て見えるということは、かなり似ているということではないだろうか。

と、そんなことを考えて、言う。

「それで？」

「お父さんが一番ではなかったこともわかってきました。お父さんよりどうしようもない人も世の中にはたくさんいるっていうことも、わかってきました」

「あぁ」

「わからないんですよね、若いうちは。自分より歳上の人に多くを求めすぎちゃうから。二歳上だって二十歳上だって大して変わらないんだってことが、自分が四十歳になったころにようやくわかる」

「そうかもしれないね。おれなんかは、そんなことも忘れかけてるけど。四十歳のころが、もう三十五年も前だから」

「中林さん」

「ん？」

「ありがとうございました。父のために、父とわたしのために、わざわざ来てくださって」

「いや、そんな。こうしてるのは自分のためだよ。おかげで、久しぶりに故郷に帰れた。これまではね、理由がなかったんだ。家もないし、墓もないから」

話はこれにて終了。

もうこの先はない。愛乃ちゃんに何もお願いはしない。それは、おれができることではない。していいことでもない。

「時間をとってくれてありがとう」と言って、立ち上がる。

柴太郎も立ち上がる。

愛乃ちゃんも続く。

「お父さんに中林さんがついててくれてよかったです」

「ついてたわけじゃないよ。それを言うなら、おれも次郎についててもらってた。じゃあ、帰るよ」

「もう東京に、ですか？」

「うん」

片見里にも帰ると言うが、東京にも帰ると言う。おれの家は風見荘。おれはそこに落ちついている。そこで千景さんにもらったたくあんを食べたり、時には『とりよし』や喫茶『門』に行ったりする。

そして東京には小本磨子もいるのだな、と思う。

愛乃ちゃんとは、公園の外で別れた。

待たせた柴太郎に悪いので、また片見川沿いの道を歩き、ややまわり道をして、若月さん宅に戻った。

そこでは睦さんが本当にお茶を入れてくれようとしたが、このあと用がありまして、と遠慮した。うそではない。本当に用を思いついたのだ。いや。片見里に来る前から思いついてはいたのだが、まさにそこで実行を決断した。

おれは善徳寺にもまた顔を出し、あらためて徳弥に礼を言った。次郎さんによろしくお伝えください、と徳弥は言った。ついでに海平にも、と。

善徳寺を出ると、おれは田渕家に行った。徒歩五分。思ったより近かった。

思いつきなのだから、約束はしていない。インタホンのチャイムに応えてくれたのは、海平の母鈴子さん。来意を伝えると、すぐに取り次いでくれた。

一分ほどして。田渕初子が出てきた。

「あら、まあ」

「久しぶり」とおれは言った。敬語にはならなかった。

「いらしてたの？」

「うん。ちょっと用があって。それで、寄らせてもらった。いろいろありがとう」

初子はおれと同じ七十五歳。老けた。ばあちゃん、だ。だが中学生のころの面影もある。海平を見ても、そのころの初子に似ているとは思わなかった。が、こうして初子を見ると、海平に似ていると思う。

「ごめん。みやげも何もなしで」

「そんなのいいわよ。お話できるなんて思ってなかったから、うれしい」

「おれも、会えるとは思ってなかったからうれしいよ。海平の、いや、海平くんのおかげだ」

「本当にあの子が見つけてくれるとは思わなかった。だって、広いでしょ？　東京」

「広いね。土地そのものは狭いのに、広いよ。人がたくさんいる。いい人もいるし、悪いやつもいる」

「海平が、そこでうまくやってるといいけど」

「だいじょうぶ。やってるよ」そしておれは言う。「海平くんは、いい男だね。いや、いい男というか、いい人間だよ。さすが木暮さんの、じゃなくて、田渕さんの孫だ。心配はいらない。海平くんは、この先もちゃんとやっていくよ」

喫茶『門』にいる。海平とではない。何と、小本磨子といる。

電話をかけて誘ったのだ。近いんだし、遊びに来ないか？　と。広い公園があるからのんびり散歩でもしよう、と。

行く、と磨子はすんなり言った。そしてすんなり来た。

十一月下旬。少し寒くなってきたが、幸い、晴れてくれたので、広い尾久の原公園をまさにのんびり歩いた。

遊歩道と小さな池があるだけ。それ以外はほぼ何もない公園なのだが、そこがいい。磨子もそう言った。東京ではこの何もなさこそが貴重よね。

並んで歩きながら、片見里に帰ったときのことを話した。次郎と愛乃ちゃんのこともだ。詐欺事件のことは伏せたが。

愛乃ちゃんに会ったことは、東京に帰ってから次郎に話した。えっ？　と次郎は驚いた。だが怒りはしなかった。

次郎さんによろしくお伝えください。ついでに海平にも。のあとに付け加えられた徳弥の言葉も伝えた。坊主としていいことを教えます。別れた奥さんの墓参りをしても、バチは当たらないですよ。

公園のすぐ近くによく行く図書館もあると言ったら、行きたいと磨子が言うので、そこにも寄った。町屋図書館だ。

聞けば。磨子が住むコーポ志々目の近くにも佐野《さの》図書館というのがあるらしい。駅よりも図書館が近くにあること。それを条件にアパートを探したのだそうだ。わかる。この歳になると本当にたすかるのだ、図書館が近いのは。

館内を歩き、三十分ほど別行動もして、合流。図書館を出て、またそこそこの距離をゆっくり歩き、この喫茶『門』に来た。途中、図書館でデートなんて中学生みたいね、と磨子が言った。笑いつつ、ドキッとした。七十五歳なのに。

喫茶『門』は、昭和感丸出しの喫茶店。こんなところに磨子を連れてきていいのか。と思っていたら、磨子が言った。

「いいお店」

「無理しなくていいよ」

「してないわよ。わたしはこういうほうが好き。落ちつく」

「そうなの？」

「そうよ。わたしのアパートなんて、この何倍も古い。昭和を飛び越えて大正からあるのかっていうくらい」

海平とも座った窓際のテーブル席に座った。

初の女性同伴に驚いている門前さんに、今日のコーヒー、を頼んだ。グァテマラ。いつものブレンドより高い。贅沢をしたのだ。今がしどきだろう、と思って。

コーヒーを運んできたときにようやく、門前さんが口を開いた。

「ナカさん、珍しい。カノジョですか？」

もちろん、冗談のつもりなのだが、おれと磨子の場合、それは冗談にならない。

おれの代わりに磨子が言った。

「あ、うれしい。そう見えますか？　こんなおばあちゃんなのに」

「カノジョには見えますけど、おばあちゃんには見えませんよ。お若くていらっしゃる。どうぞ、ごゆっくり」

門前さんはカウンターのほうへ去っていった。

磨子がおれに言った。

「お若くていらっしゃるということは、実際には若くないということなのよね。実際に若い人にそんなことは言わないから」

「そう、なのかな」

「歳、とっちゃうわね」

「ああ。とっちゃうね」

「若いころは、もしかしたら自分だけは歳をとらないんじゃないかと思ってたけど、やっぱりとっちゃう」

「歳をとらないと思ってたのか」

「思ってた。中林くんは思わなかった？」

「思わなかったかな。まずそういうことを考えなかった」

「女はね、考えるのよ。裏を返せば、歳をとるのはわかってて、それをおそれてるってことなんだけど。そこへの意識が強いのね、きっと」

二人、コーヒーを飲む。おれはブラック。磨子は砂糖とミルクを少しずつ入れた。同じ席でアイスコーヒーにポーションミルクを丸々一つ分入れていた海平を思いだす。

「あと何年かで、わたしたちも死んじゃうのね」

「そうだな」

「わたし、もっと早く死ぬと思ってた。まさか七十五歳まで生きるとは」

「女性の平均寿命は長いよ。あと十年以上ある」

「平均なんて意味ないでしょ。死ぬ人は二十代でも死ぬし」

「確かに」

言いながら、グラのことを思いだす。若くして車の事故で亡くなった、グラだ。

片見里で初子と会ったことも話したら、次郎が意外なことを言った。

ナッカンへのラブレターの話を海平くんから聞いて、ちょっと思いだしたんだけど。グラが木暮さんのこと好きだったんじゃないかな。ほら、おれはグラと何回かケンカしてるけど、そのうちの一回が小学校の玄関でなんだよ。グラがナッカンの下駄箱のとこで何かしてたから、文句を言ったんだ。ナッカンの靴を隠そうとしてるんだと思って。あれ、もしかしたらそのラブレターをとってたんじゃないかな。木暮さんがナッカンの下駄箱に入れるのをグラが見かけるとかして。

わからない。今となっては確かめようもない。だがあり得ないことではない。むしろありそうだ。

グラのせいで、おれは木暮初子からラブレターをもらえなかったのかもしれない。もらえていたら、小本磨子に向いていた気持ちが木暮初子に向く、などということもあったのか。それもやはりわからない。もう、小学校五、六年生当時の気持ちにはなれない。

窓の外を見て、磨子が言う。

「わたしが死んだらそのときはお願いねっていうくらいのことは、いとこに言ってあるの」

「いとこ」

「ええ。歳の離れたいとこ」

笹《ささ》くみ子さん、だそうだ。千葉県の柏《かしわ》市に住んでいるという。

「そのくみ子ちゃんだってもう五十代だけどね。中林くんも、誰かにお願いしておいたほうがいいわよ」

「ああ。そうだな」

「いる？　誰か」

「いない」

本当に、いない。

片見里の徳弥にでもお願いしておくか。善徳寺にそこそこの額の寄付をして。気づけたらでいいから、共同墓地みたいなところに入れてくれと。

磨子がコーヒーを飲む。

おれも飲む。

「あぁ。何か不思議」

「ん？」

「中林磨子。そうなる可能性も、少しはあったのよね」

そんなことを、磨子はさらりと言う。まるで天気の話でもするみたいに。

言われてみて思う。

七十五歳のおれらにしてみれば、実際、天気の話と大差はない。

「あったのかな」

「あったでしょ。でもそうなってたら、そのあとはどうなってたんだろう。あっさり離婚したりして」

磨子が笑う。

おれも笑う。

磨子と結婚しなかったから、離婚もしなくてすんだのだな、と思う。だからこそ、こんな今がある。

急ぐことはない。磨子とは、少しずつ話せばいい。これまで磨子が東京でどんな暮らしをしてきたか。それを少しずつ聞けばいい。これまでおれが東京でどんな暮らしをしてきたか。それも少しずつ話せばいい。

七十五歳になった。先は長い。

十二月　田渕海平、動く

継男っちと芝居を観た。新宿御苑前の小劇場でだ。

また芝居をやるからチケット買って、と糸井才奈に言われた。迷わず買った。カッコをつけて二枚買ってしまった。別府仁太でも誘おうと思ったのだ。

実際に誘ったが、仁太の返事は、無理、だった。夜だから休みの日じゃなくても行けるよ、と言ったら、行けるとしても行かない、演劇はいいよ、と言われた。仁太はそうなのだ。ゲームにしか興味がない。

そこで、苦肉の策を思いついた。苦肉も苦肉。よく思いついたな、と自分でも感心するくらいの策。

継男っちを誘ってみた。行くと言うとは思わなかったが、継男っちは言った。行くよ。

劇団『東京フルボッコ』の芝居。タイトルは、まさかの『東京ディテクティヴ』。まさかの、東京探偵、だ。

前回の『東京エキストラ』は、漠然とした社会のエキストラの話だったが、今回はちがう。はっきりと、探偵。東京の、探偵。

才奈は今回も主役ではなかった。脇役。ストーカーの男が標的を狙うよう仕向ける、前回以上にいやな女の役だ。自身によれば、六番手中の四番手。つまり、またしてもワンランクアップ。

才奈はその役もうまくこなした。素人の俺にも、うまくなってるように見えた。何だろう。よくわからない。演技がうまくなったというより、舞台上での余裕が増したように感じた。

主役は白幡澄樹《しらはたすみき》さんという人だった。前回主役だった水上一葉さんがストーカーの標的となる女性だ。

劇団『東京フルボッコ』の芝居は、今回もわかりやすかった。適度に笑いがあり、適度に緊張感もあった。観てるだけで、どちらも自然と楽しめた。

実際、継男っちも楽しんでるように見えた。たまには声を上げて笑った。二十二歳も七十五歳も楽しませる芝居。すごい。

俺は今回も、何だかんだでグッと来た。前回は東京エキストラという発想そのものにまずグッと来たが、今回は才奈の余裕やその存在にグッと来た。

芝居が終わって小劇場を出ると、継男っちが言った。

「人が動くのを見るのはいいもんだな。いや、そうじゃなくて。若い人が動くのを見るのがいいのか」

次郎さんが片見里に帰ることになった。娘の愛乃さんと一緒に住むという。愛乃さんは片見里総合病院に勤めてる。かつて俺のじいちゃんも世話になり、今はばあちゃんがたまに診てもらいに行く病院だ。愛乃さんは東団地の近くにある一戸建てに一人で住んでるらしい。そこで次郎さんと同居するのだ。

提案したのは、愛乃さん。

わたしが言うと断るかもしれないから、中林さんから言ってもらえませんか。中林さんに言われたら父も受け入れると思うので。

愛乃さんにそう言われ、継男っちが次郎さんを説得した。

まあ、五分ですんだけどな。と継男っちは俺に言った。次郎さんは初めから片見里に帰りたかったのだ。

俺も次郎さんの引っ越しを手伝った。引っ越しというか、退居。レンタカーを運転し、冷蔵庫と洗濯機をリサイクルショップに運んだ。あとは、薄っぺらな布団を捨てただけ。荷物なんてほとんどなかったのだ。

こうなんないよう海平くんはがんばって。次郎さんにそう言われた。がんばります、と素直に言った。

そして継男っちと二人、東京駅まで次郎さんを見送りに行った。

別れの場は、ベタもベタ。新幹線のホーム。

快速と各駅で三時間半もかけるな。新幹線でサササッと帰れ。継男っちにそう言われ、次郎さんは従った。その金はおれが出す、とも継男っちは言ったらしいが、次郎さんが断った。とはいえ。継男っちは結局餞別《せんべつ》を渡した。これはお前にじゃない、愛乃ちゃんにだ、と言って。次郎さんもそれは受けとった。

「ナッカン、ほんとにありがとう」

次郎さんは泣きそうになった。その場に俺がいなかったら泣いてただろう。

「海平くんも、ありがとう」

「俺は何もしてませんよ。谷田さんを紹介しただけです。というか、紹介したのは徳弥さんだから、実質、何もしてない」

「ナッカンのこと、よろしく頼むね。って、おれなんかが言えることじゃないけど」

「俺が頼らせてもらいますよ。次郎さんの代わりに」

「そうしてよ」

「何だ、それ」と継男っちが笑う。

次郎さんも笑う。

俺も笑う。

「じゃあ」と三人が同じことを言い、次郎さんは新幹線に乗りこむ。

発車は定刻どおり。最初はこんなもんですよ、という感じに、新幹線はゆっくりとホームから出ていった。

俺は継男っちに言う。

「行っちゃったね」

「ああ」

「ちょっとさびしくない？」

「ちょっとな。でもこれでよかったんだ」

「ねぇ」

「ん？」

「前から気になってたんだけど」

「何だ？」

「継男っち、もしかして俺のじいちゃんじゃないよね？」

「は？」

「実は俺のじいちゃんだったり、しないよね？」

「どういうことだよ」

「だから、実は俺の親父が継男っちの息子で、みたいなこと。ちがうよね？」

「ちがうよ。お前、ドラマの見すぎだろ」

「いや、でもやっぱ、ばあちゃんが今ごろになって継男っちを捜すかなぁ、とも思って」

「今ごろだから捜したんだよ」

「じいちゃんが亡くなって時間が経ったからそろそろいいと思ったってことなんじゃないの？」

「そうじゃないよ。孫のお前にこんなことを言うのも何だけど。終わりが見えてきたからなんだろ」

「終わりって、死？」

「ああ。おれだってそうだ。死が見えてきたから、次郎をこのままにしといちゃいけないと思った」

「だとしたら。継男っち、ムチャクチャいいやつじゃん」

「そう思うか？」

「思うよ」

「ムチャクチャいいやつなら、次郎がこうなるまでほうってはおかなかったよ」

継男っちは真顔でそんなことを言う。

俺は思う。ほらね。やっぱいいやつだよ。

「海平」

「ん？」

「お前は若いんだから、動けよ。おれみたいなじじいになったら、そうは動けないぞ」

「継男っちは動けるじじいだと思うけどね」

「じじいって言うな」

「自分で言ったんだろ」

「お前が言うな」そして継男っちはこう続ける。「東京で生きてれば、おれや次郎みたいになる可能性はある。お前にだってある。そこだけは、気をつけろよ」

「うん。でもさ、そうなる可能性は、片見里で生きてたって、あるよね？」

「まあ、そうだ」

「場所じゃないんでしょ。結局は人でしょ。自分でしょ」

継男っちが驚いた顔で俺を見る。

俺は笑って言う。

「それもお前が言うなって、思った？」

継男っちも笑って言う。

「思った。本当に、お前が言うな」

珍しく根木充久からＬＩＮＥのメッセージが来た。県庁職員の充久だ。

何と、石毛駿司が所属するサーカス団を十二年ぶりに片見里に招くことができそうだという。

駿司が空中ブランコのフライヤーの瞬時だと知った充久自身が、上に掛け合ったのだ。スポーツ・文化観光部の職員として。サーカスならスポーツの振興にも文化の振興にも一役買えるんじゃないですか？　と。

バイトに向かう途中で、俺はそのメッセージを読んだ。新人なのにすげえな、充久、と感心した。

店の裏口の前で、ちょうど才奈と一緒になった。今日は出勤時間が同じなのだ。

「おはよ」と才奈が言い、

「うぃっす」と俺が言う。

「海平、最近、出てくるのが早くない？」

「五分前行動を心がけてんだよ。卒論を出し損ねないように」

「なら二度寝に気をつけなよ」

「そうなんだよ。そっちは今も自信ない」

「でもいいね」

「何が？」

「謙虚なバカは人に好かれるよ」

『東京ディテクティヴ』を観てから、才奈と会うのはこれが初めて。才奈がちょっと休んだり、出てきても曜日がちがったりで、なかなか会えなかった。会ったときに直接言おうと思ったので、ＬＩＮＥで感想を伝えたりもしてない。

もう何日か経ってるせいか、才奈は何も言ってこない。

自分から言う。

「よかったよ」

「ん？」

「芝居。すげえよかった。ちょっと震えた」

「何よ、その大げさなほめ」

「いや、マジでよかったから。才奈、近いうちに主役とかやれんじゃね？　俺、本気でそう思ったよ」

「ありがと。でもさ」

「うん」

「チケット買ってやって。しかも二枚買ってやって。ちゃんと観に行ってやって。芝居をほめてやって。主役をやれるとも言ってやって」

「何？」

「だからワンチャンとか、ないからね」

一瞬きょとんとし、理解した。

「あぁ。ちがうよ。そんなんじゃないよ」

「ないのかよ。少しは期待しろよ。こちとら女優だぞ」

ふざけてそんなことを言い、才奈はドアを開けて入っていく。

俺も続く。

言われて初めて思う。ワンチャン、ないのか。

それにしても才奈、次はマジで『東京デリバリー』とかの主役になったりして。いや、それだとヘルスと勘ちがいされるか。でもとにかく主役になったりして。いずれほんとに女優になったりして。まだまだ新人なのにすげえな、才奈、と感心した。

対して、俺は。

丸一年留年したにもかかわらず、就活をしなかった。

でも明日からは、自分なりのそれをする予定。

大学五年の十二月。遅ぇよ。

ばあちゃんに頼まれて継男っちを捜すために東尾久を訪ねた四月のあのとき。俺は『とりよし』に入る前に立ち止まり、自分の足もとを見た。足もと。靴。今も履いてるプーマのスニーカーだ。顔の高さから見た左右の靴。何故かその残像がずっと頭にあった。

谷田さんの調査に同行した十月のあのとき。神田、神保町、秋葉原、とまわり、墨田区に移った。そこを歩いてたら、革靴の看板が目に留まり、製靴会社を見つけた。

就活のときに履いてたその会社の靴。これは足になじむぞ、と親父が薦めてくれた。三万円以上したが、買ってくれた。実際、うそみたいに足になじんだ。

片見里にいた高校生のころも、一時期、革靴を履いてたことがある。それも一万円以上したが、足にはなじまなかった。どれだけ我慢してもなじまなかった。三度めのマメができたとこで、もう二度と革靴は履くまいと誓った。

その誓いは就活時に破られた。破るしかなかった。革靴を履かないわけにはいかないから。

そこで、親父が薦めてくれたのだ。

その靴はもうマジでよかった。オーダーでもないのに足にすんなりなじんだ。何ならスニーカーより履きやすかった。質がいいってのはこういうことなんだな、と実感した。だから底を張り替えてでもその靴を履きつづける人がいるんだな、と理解した。

その製靴会社を見つけたときは、へぇ、こんなとこにあるのか、と思っただけ。でもあとで思いだし、スマホで検索してみた。確かにその会社であることがわかった。ついでに見てみたが、従業員募集のようなことはしてなかった。

なのに、思った。次郎さんを見送りに行った東京駅のホームで、動けと継男っちに言われたあとに。

募集は三十五歳までなのに抜け抜けと応募した四十一歳の継男っちみたいに、抜け抜けとあの会社に行ってみよう。知識はないからすぐに製造はできませんが営業でも販売でも何でもやります。御社の靴を人に薦めたいです。そんなことを言ってみよう。継男っちのようにはいかないかもしれない。社長はいい人じゃなく、魔王みたいな人かもしれない。でもとにかく行ってみよう。飛びこんでみよう。

靴はいい。俺を支えてくれる。俺を守ってもくれる。人が飛び下り自殺をするときに靴を置いてくのは、巻き添えにしたくないからだと思う。身内だと思ってるからだと思う。

谷田さんや駿司のように、棒で川を跳び越えたりはできない。プーマのロゴマークのように跳びはねたりもできない。ならせめて、歩け。七十五歳になったとき、せめて継男っちみたいに動けるじいさんで、いろ。
二十二歳になった。先は短い。

解説

佐々木克雄

七十五歳の中林継男さん。

二十二歳の田渕海平くん。

年齢差五十三歳のダブルキャストが繰り広げるお話はいかがでしたか？　最後まで読んでここにこられた方は温かい気持ちになっているかとお察しします。小野寺さんの小説って、市井の人たちの何気ない日常を描いたものが多いんですけど、一人語りの文体にすっと入っていけて、共感できて、心地よい読後感にひたれますよね。この作風に魅了され、ファンになる方も多いかと思います。

で、いきなり話は横道にそれるのですが、この解説を書いている今（二〇二三年の二月）、個人的に気になる記事を雑誌で見かけました。新世代について書かれたものです。「α（アルファ）世代」という言葉をご存じですか？　この本が世に出ているころには浸透しているかも知れませんが、「Z世代」の次の、iPhoneが日本に上陸した二〇一〇年以降に生まれた世代を指すそうです。その特徴はというと、「Z世代」以上にタイムパフォーマンスを重視していて、わからないことがあると「だったらいいや」と投げ出して、興味をほかに移してしまうとのこと。

「〇〇世代」という言葉は、様々な場面でその特徴を紹介されることがあります。情報収集を例にとっても、一九八〇〜九五年頃生まれの「ミレニアル世代」はGoogle検索を利用して「ググる」、一九九五〜二〇一〇年頃生まれの「Z世代」は「#（ハッシュタグ）」を利用した「タグる」という方法をとるそうです。

とかく人は世代をカテゴライズしたくなるものです。なぜかと考えてみるに、自分やほかの世代を認識し、その違いを理解しようとするために「〇〇世代」と括って、その特徴をまとめがちなのかな——って、なんでこんな話をしているかと言うと、本作は「世代」がカギになるなと感じたからです。

二人の登場人物が交互に入れ替わって話が進んでいく形式は、ラブストーリーなどではよく見かけます。女性の視点、男性の視点が入れ替わることで、お互いの気持ち、すれ違いなどが描かれ、キュンキュンしちゃうアレです。でも本作は恋愛キュンキュンではなくて、男同士、年齢差五十三歳というレアな組合せで話が進んでいきます。世代で言うと七十五歳の継男さんは「団塊の世代」あたりでしょうし、二十二歳の海平くんは「Z世代」でしょう。

こんなに離れた世代の組合せが、よく成立したなあと思うのですが、世代の違う読者——たとえばこの解説を書いている私は五十代で彼らの中間地点にいるのですが、どちらの語りも違和感なくスルスル読めました。これがまあ、小野寺作品ならではなんですよね。本作ではそれぞれが抱えた境遇、葛藤、いかんともし難い状況が丁寧に描かれているので、別世代の読者でも共感できる。

継男さんは、後期高齢者となって「老い」を感じる今日この頃——ひょんなことから特殊詐欺の片棒をかつぐことになります。後期高齢者はどこにでもいらっしゃいます。さすがに詐欺の受け子になることはないでしょうが、詐欺電話が身内や知り合いにかかってきたこともあるでしょう。

海平くんは、二度寝で卒論を出しそびれ留年、内定は取り消し、彼女にフラれ……の散々な一年を過ごすことに。私事ですが、卒論を出せず留年した友人を二人知っています。

こんな身近な設定に加えて、さらに小野寺作品の特徴でもある一人語りの細やかな描写によって親近感がマシマシ、別世代の違和感がなくなります。

たとえば海平くんが居酒屋で「手酌でビールをコップに注ぐ。グラスと言うよりはコップと言いたくなる、小さなタンブラータイプ。四口くらいで一杯を空けられる。実際に四口で一杯を空け、すぐに二杯めを注ぐ」――ビールを飲むだけで、この描写の細やかさ。そして「俺、二十二歳。荒川区の焼鳥屋で午後六時から一人酒。だいじょうぶなのか？」という心中のつぶやき。彼が見えてきます。

またたとえば継男さんが喫茶店で「ここで出すコーヒーは、ブレンドとアメリカンとカフェオレ。一種類だけストレートコーヒーも置いている。モカとか、キリマンジャロとか。それを、本日のコーヒー、として出す。本日の、と言っても、二、三週間は同じ。今月の、と言ってもいい。仕入れた豆をつかいきるまで出すのだ。それから次に切り替える」と確かな観察眼でメニューを解説。そして「努力はしているが、しきれない店。そのゆるさがいい」と、温かく見守っている。その気持ちが伝わってきます。

東京の片隅で日常を送っている別世代の二人。本来なら出会うことはないと思います。出会ったとしても、町なかですれ違ったり、同じ電車に乗り合わせるくらいで終わるかと。でも、二人が片見里出身ということ、東京の荒川沿いで暮らしているということから繋がり、話が広がっていくんですよね。そこが面白いところ。

さらに特記すると、従来の小野寺作品では類をみない悪役の登場が興味深いです。ハラハラする展開も読みどころでしょう。ファンならご存じの、他作品のキャラが顔を出すというお楽しみもあります。本作には『片見里、二代目坊主と草食男子の不器用リベンジ』（幻冬舎文庫）という前日譚があり、そこで主人公だった片見里の徳弥さん、本作では探偵をしている一時さんが後半のキーマンになるのも楽しいですよね。

継男さん、海平くんだけでなく、様々な世代が出会うことで人が動き、話が動いていく。フィクションだから出会った？　いえいえ、それが小説ってものでしょうけれど、この本を手に取られて、ページをめくられた読者のあなたも小野寺作品との出会いがあったわけじゃないですか。この解説との出会いもしかりです。

人と人との出会い、だけでなくて本との出会い、音楽との出会いで人生が変わったという方も多いはずです。ご自身の人生を振り返ってみてください。友人、先生、映画、歌などといった、ゆくりなく出会ったご縁で、今のご自身があると思いませんか？　たしかにいい出会いだけではないとは思いますが、人生に何らかの変化はあったはず。小野寺さんは、そうした出会いを丁寧に描き、主人公の変化を示してくれています。

異なった世代、という視点から書かせていただきましたが、この組合せだからこそ、自分には見えないものが見えて、相手に伝えることが出来るんじゃないかと思います。

継男さんには海平くんより五十年以上生きてきた、人生の経験値がある。逆に海平くんには継男さんの年齢になるまで、五十年以上の未来がある。

それぞれが相手を鼓舞し、補完しあうことで、前に一歩、進んでみようという気になってくる。生きてきた時間とこれからの時間を「短い」と感じるか「長い」と感じるか、二人が登場する一行目と、終章のラスト一行で逆転していると気づいた方も多いでしょう。

大事件に巻き込まれなくても、異世界に転生しなくても、人それぞれドラマがあり、人と人が繋がることで、また新たなドラマが起こる。当たり前のように思える話を、さらりと、主人公の視点で描いて、感じさせて、考えさせてくれる小野寺さんの小説は、同じ「いま」を生きる読み手の心を静かに、深く揺らしてくれているのだと思います。ああ、人生って、そんなに悪いもんじゃないなあ。自分も明日から頑張ろう、って気持ちになる小説を、これからもファンとして期待したいです。

――書評家

この作品は二〇二一年五月小社より刊行されたものです。
この作品はフィクションです。実在の人物・団体とは関係ありません。

片見里《かたみざと》荒川《あらかわ》コネクション

小野寺史宜《おのでらふみのり》

令和5年4月10日　初版発行

発行人――石原正康
編集人――高部真人
発行所――株式会社幻冬舎
〒151-0051東京都渋谷区千駄ヶ谷4-9-7
電話　03(5411)6222(営業)
　　　03(5411)6211(編集)
公式HP　https://www.gentosha.co.jp/
印刷・製本―中央精版印刷株式会社
装丁者――高橋雅之

幻冬舎文庫

ISBN978-4-344-43283-3　C0193　お-48-2

この本に関するご意見・ご感想は、下記アンケートフォームからお寄せください。
https://www.gentosha.co.jp/e/